装幀　鈴木久美
装画　チカツタケオ

ゴッド・スパイダー

十三年前　日々野準

参考書から顔を上げると、日々野準《ひびのじゅん》は小さく伸びをした。大学受験まで一年を切った二月のある日、学校帰りに図書館へ寄っていた。三階の閲覧室に隣と仕切りのある席が三十席ほどあって、左右を気にせず集中できるため受験生たちの激戦区だった。

今日は運よく空いている席に座れて、充分な勉強時間を確保できた。椅子の背にもたれて左右の席をそっと見回す。同世代の高校生たちの真剣な横顔が並んでいる。入口近くで女の子が所在なげに立っているのを見て、空席待ちだなと考えた。

午後の四時半を過ぎていたから荷物をリュックに入れて席を立ち、本棚の間を抜けてエスカレーターに乗る。集中した後の脱力感が気持ちいい。

一階の広いホールはざわめいていた。今日は何かのイベントがあるらしい。リュックを背負い直しながら看板を見れば『サイエンスカフェ』とある。その前を通り過ぎようとしたとき、眼鏡をかけた女性が声をかけてきた。

「よかったら話を聞いていきませんか。五時開始ですからもうすぐですけど」

「サイエンスカフェって何ですか」

「科学に関する興味深い話を、学生さんや社会人の方に気軽に知ってもらうために定期的に開催してるイベントです。今回は生物模倣というテーマなので面白いと思いますよ。しかもドリンク付き」

小さなペットボトル入りの緑茶を見たとたん、のどが渇いていることに気づいた。まっすぐ家に帰るには少し時間も早い。

「それじゃ、ちょっとだけ」

彼女は切れ長の目でほほえみ、緑茶と一緒に小冊子をくれた。フロアの客席は九割方埋まっていて、正面の壁に巨大なスクリーンが設置されていた。簡単な挨拶が終わって大学教授の講師が壇上に登場すると、すぐにこんな話をはじめた。

「皆さんも新幹線に乗ったことがあると思いますが、先頭車両は面白い独特の形をしていますよね。あれはある生き物の形状に似ているんですが、何だかわかりますか」

しばしの沈黙の後、こうつづけた。「それでは皆さんの中で、カワセミという鳥を知っている方は?」

ぱらぱらと手が上がったが、日々野は知らなかった。

「500系と呼ばれる新幹線の先頭車両の形は、実はこのカワセミのくちばしの形とそっくりなのです」

渓流の宝石とも呼ばれる美しい翡翠《ひすい》色のカワセミは、木の枝などから川へ飛び込んで小魚を捕食している。抵抗の小さな空中から、抵抗の大きな水中へダイビングする際の衝撃を少しでも減らすため、長い時間をかけてくちばしや体を進化させてきた。

日々野は見たことも聞いたこともないその鳥が、猛スピードで川面《かわも》にダイブする光景を想像してみた。本当にそんな方法で魚を捕まえられるものだろうか。魚は口でくわえる？　それとも足の爪で摑《つか》む？　たったこれだけ話を聞いただけなのに、頭の中には次から次へと疑問が湧いてきた。

「新幹線はトンネルに入るときの空気抵抗で圧力波が生じますが、これを抑えるためにデザインを突き詰めていったところ、カワセミのくちばしと瓜二つになったそうです。これが生物模倣、バイオミメティクスやバイオミミクリーと呼ばれる科学技術の一分野です」

講師はこんな調子で次々と具体例を挙げていった。中にはベルクロと呼ばれる面ファスナーなど日々野が知っているものもあって、すっかり話に引き込まれていた。工場で作られているような、自分の生活と関わりが深い製品に、生き物や自然からヒントを得た技術が利用されている――。

参考書と問題集を行ったり来たりするだけの勉強漬けの頭に、全く未知の世界が広がっていくのを感じた。それはすごく新鮮な驚きだった。家までの帰り道、興奮してあれこれ考え過ぎていたせいで自転車が街路樹に衝突しそうになったほどだ。

それからは図書館で勉強する合間の休憩時間に、カフェでもらった小冊子に載っていた参考文献を借りて読むようになった。高校生にはむずかしい内容のものも多かったけれど、理解できる部分を拾い読みするだけで楽しかった。勉強で疲れたら生物模倣関連の本を読んで頭を休める。それは息抜きになり、良いリズムを生み出してくれた。

何より大きかったのは、あの話を聞いたことがきっかけで漠然と理系学部とだけ考えていた進路がぎゅっと絞り込まれたことだ。バイオテクノロジーを学んでみたい。具体的に何をというところまでは決まっていなかったが、生き物や自然の知恵を利用して人間の暮らしに役立てられる仕事に、強く惹《ひ》きつけられるようになっていた。

1　ビッグニュース

出力機から吐き出された用紙を取り出した日々野は、ひとつため息をついた。用紙の束を自分の机にばさりと置くと、部屋を出た。

研究室は生産工程ごとに分かれている。分析実験を行なう部屋、他に大腸菌を増殖させて蜘蛛糸タンパク質を産生させる発酵タンクのあるスペース、分離・精製したタンパク質を紡糸《ぼうし》する装置を置いた部屋もある。これらの中で繊維化の工程が難題だった。

蜘蛛の糸は蜘蛛の体内では液状だが、出糸突起《しゅっしとっき》という器官から出てくる際に力が加えられて繊維性の構造へと変化する。しかし人工的に造った繊維の性質を分析してみると、狙ったような強度が得られないのだ。自然の驚異には感嘆させられるばかりで、知ることと行なうことの間には計り知れないほど深い溝があると痛感する。

実験棟B棟の西端にある喫茶室へ向かった。

大学時代は実験が大好物だった。実験と結果の分析は、それが成功にしろ失敗にしろ、いつも何かしら新しい知見を自分にもたらしてくれたものだった。大学と院生時代は楽しい記憶しかない。

なのに研究者となったいままでは、仕込み作業をしているときも、反応の分析結果を見るときも、以前のように胸躍ることがない。理由はわかっている。先が見えないからだ。

喫茶室は人もまばらだった。平日の午後は研究員たちも忙しく、ラボにこもっている者が多いのだろう。ベンダーでコーヒーを買い、陽射しが降り注ぐ窓辺のテーブル席に腰かける。

北海道は一年でもっとも美しい季節を迎えようとしていた。新緑のハルニレに涼しげな風が吹けば、若草色の小魚を思わせる木々の葉がそよぎ、風上に向かっていっせいに群れ泳ぐ。ライラックも可憐な紫の花を咲かせ、鳥たちのさえずりもどこか楽しげで心が洗われる。

大学院を卒業してから、六年の月日が流れていた。

卒業してしばらくは片桐《かたぎり》とメールのやりとりがあったものの、徐々に間が空くようになり数年前から音信不通の状態だ。灯《あかり》とはあえて連絡を絶ったから同じ会社にいるかどうかも不明だし、同様に真澄《ますみ》がいま何をしているかもわからない。

日々野が北海大学の江崎《えざき》研究室へきた翌年、約束通り一年遅れで黒石孝之《くろいしたかゆき》も入ってきた。日々野も黒石もすぐに江崎教授の懐の深さに感化されることになった。

人類と、この惑星の役に立てる研究者を目ざせ。

教授のそんな気宇壮大《きうそうだい》な励ましの言葉に、武者震いするほどの感銘《かんめい》を受けたのを、昨日のことのように憶えている。はじめの頃は想像を超える寒さに慣れることができず、マフラーにかかった息が凍りつくことにも驚かされた。けれど開拓地として歴史を刻んできた北海道の開放的な気風は気に入ったし、食べ物は何でも旨く、厳しい自然環境を生き抜いてきた子孫である北国の人々は温かかった。

有能な研究者の指導と素晴しい環境下で、世界でまだ成功していない人工蜘蛛糸の量産化という、大きなテーマと向き合える。やり甲斐《がい》のある研究だった。

蜘蛛糸遺伝子の塩基《えんき》配列がわかって以来、海外では開発の成果を挙げる企業もいくつか出てきた。蜘蛛糸タンパク質入りの化粧品を販売しているところもある。

日々野も最良の結果を出すべく、黒石と懸命に努力を重ねてきた。

蜘蛛糸の主成分である、繊維状硬タンパク質のフィブロインを人工的につくり出し、それを人工蜘蛛糸として繊維化する。遺伝子組換えタンパク質を産生させるため、何種類もの微生物を試した。宿主ベクターの研究が遅れている乳酸菌は候補から外し、枯草菌《こそうきん》も試したが、やはり大腸菌がベストと判断した。蜘蛛糸の遺伝子を組み込んだ大腸菌を培養《ばいよう》してコロニーをつくらせ、そのコロニーをさらに培養して増殖を促すという地道な作業を、六年にわたってくり返した。より効率的に繁殖できる温度や湿度、培地の最適な組み合わせを、要素を入れ替えながら何度も何度も試した。

そして、まだ工業ベースと呼べる段階ではないものの、どうにか人工蜘蛛糸タンパク質量産のめどが立ってきた。

しかし困難を極めているのが、糸の延伸《えんしん》だった。人工的につくった蜘蛛糸成分は蜘蛛糸タンパク質に違いないのだが、繊維として延伸する工程で、強度と柔軟性の点において天然の蜘蛛糸に遠く及ばない。工業製品として提供できる品質には至らないのである。

ふと顔を上げると、磨き込まれたガラスに映り込んだ自分が見返していた。明日が見通せない、迷い子の少年のように心細げな顔をした男がそこにいた。

「お待ちどおさま」

遠くから明るい声が聞こえた。案の定、黒石だった。ちらと見ただけで、日々野は窓の外に視線を戻す。

「別に待ってなんかない」

「それじゃ偶然ですか、気が合いますね。いやー、それにしてもいい天気だな」

気力体力が充実しているときなら、この男の張り切りぶりも好ましい。けれど、いまはただただ鬱陶《うっとう》しい。明るい陽射しの中で明るい男を見ていたら、思いきり暗いネタを振りたい衝動に駆られた。

「なあ黒石、いまの手法と方向性で研究をこの先も進めていくのは、そろそろ無理なんじゃないかと思うんだ。早い話が、おれは行き詰まりを感じてる。お前はそんなふうに考えることはないか」

「ないですね。いや、全くないってことはないですけど、極力、そういう方向へ思考が向かわないようにしてますんで」

やはり本音の部分では自分と近い気持ちでいるようだ。

「お前は昔から、いつも元気で羨《うらや》ましいよ。そんなに張り切ってて疲れないか」

「疲れないわけ、ないじゃないですか」

彼は明るい笑顔から、暗い笑顔に変わった。「自分がどれくらい無理に元気をしぼり出してるか、わかってます?」

意外な言葉に、思わず相手の顔をまじまじと見た。そういえば、大学院時代から長い付き合いになるが、研究室以外でそれほど深い関わりがあるわけではない。

「ガッツでいきましょうよ!」

突然、黒石が叫ぶように言った。ザッツ空元気《から》、という感じだ。

「ところであの約束、守ってくださいね」

「約束？　何の約束だ」

「またまた、とぼけるのはやめましょうよ」

本当にわからないので黙っていると、黒石はこちらを窺《うかが》いながらつづけた。「目標完遂までは互いに恋人無し、っていうあの約束です」

まるで記憶にないので言い返そうとすると、黒石は片手で制して言った。

「突然彼女ができたとかいう報告なんかも、無しでお願いします。世界初を目ざす研究者に、恋とか必要ないんで」

どう言い返そうかしばし考えているとスマートフォンが振動した。ディスプレイには〈江崎教授〉と表示されている。

珍しいことだった。面と向かって話さなければ議論も理解も深まらない、というのが持論で、滅多に電話などかけてこない人だ。

「はい、日々野ですが」

数秒の空白があって、それから江崎は静かに告げた。

「日本の企業が、量産化に成功したというニュースが流れたそうだ」

江崎の会話は常に一番重要なところからはじまるため、頭が追いついていくのが大変なのだが、それにしても何のことだか……と、そこまで考えて、はっと思い当たった。

「まさか人工蜘蛛糸、ですか」

「そうだ。人工的に産生した蜘蛛糸の量産化、そして取り出したフィブロインを繊維化するための、紡糸技術と装置」

「工業ベースでの実用化の成功、ということでしょうか」

そのようだ、と答える。電話を通しても、江崎の声が曇っていることが伝わってくる。

「これは推測だが、極秘裏に進められていたプロジェクトだったんだろう。迂闊《うかつ》なことに、私もまったく気づかなかった。開発に成功したのはベンチャー企業のようだね」

自分も調べてみますと答えて、電話を切った。スマホのニュースサイトを検索してみると、すでに何十もの記事が配信されていた。

世界が変わった。

世界の素材科学のあり方を、根本から変えてしまうほどの出来事だった。そして同時にそれは、日々野の内と外を満たしていた世界が消失した瞬間でもあった。

信頼できるサイトの記事を開くと、今回の偉業を達成したのは、確かに日本のベンチャー企業だった。

代表者の名を見て、日々野は目を疑った。

その絶望感は、どういうわけだか浮遊感に似ていた。ふわふわしているくせに、真っ暗闇に向かって猛スピードで疾走しているような、不思議な感覚。

しきりに質問してくる黒石を無視して、日々野は早足でラボへと向かった。確率的には限りなくゼロに近いとわかってはいるのだが、知り合いの研究者の何人かに確認しておく必要があった。

記事に代表者として掲載されていた人物は、本当に大学院時代に友人だった、あの片桐正平《しょうへい》で間違いないのか、と。

2　蜘蛛の網

昨夜は飲み過ぎて深夜に帰宅したから、つい寝過ごしてしまった。

目覚まし代わりのスマートフォンを見た。スヌーズ機能が止められているところを見ると、よほど熟睡していたらしい。八時近かったので広瀬大介《ひろせだいすけ》は急いで顔を洗い、麻の青いジャケットと鞄を手に持って居間へ行った。

朝食用に何かを炒めた匂いはするものの、妻の姿がなかった。スマホで主要各紙のヘッドラインをチェックしていたが、いつまでも戻ってこないので庭へ出た。

澄みきった朝の空気を、思わず吸い込んだ。杜の都仙台《もりのみやこせんだい》と言われるが、案外中心部の樹木は多くない。けれども広瀬が住むこの北部の住宅街近くは、広大な森林公園があるからか空気をおいしく感じる。

真澄は庭の隅にいた。膝を抱えるようにしゃがみ込み、夫が出てきたことにも気づかないほど、熱心に庭木の一点を見つめている。

男の子のようなショートヘアーと、対照的にきれいなうなじが見えた。おはようと声をかけると、びっくりしたように振り返る。

「あ、起きちゃった？」

慌てて立ちあがろうとしたせいか、真澄がふらついた。広瀬が反射的に手を差し伸べると、それにしがみついてくる。立ち眩《くら》みするほど長い時間見ていたのかと考えて、広瀬は呆れた。

「また蜘蛛の巣か。よく飽きないな」

「蜘蛛の巣じゃなくて、蜘蛛の網。それに飽きないなという感想に答えるとすれば、観察なんだから当然だよ。物事の状態や変化について注意深く客観的に見ること、それが観察の定義」

軽い貧血を起こしたらしく、力の入らない声で真澄が答えた。彼女は何事によらず、物事を定義したがる。ついでに言えば、正義も好きだ。つまり定義と正義を好むという、少々風変わりな女性である。

「例えばこの蜘蛛の、いわゆる蜘蛛の巣は、ほら」

真澄が少し離れたところにある木の葉を裏返すと、そこにうっすらと蜘蛛の糸が張られているのが見えた。「ここにあるんだよ」

「蜘蛛の網は獲物を捕まえるためのもので、休むための蜘蛛の巣は別の場所にある、と」

「でも、実は種類にもよるんだ。こっちの蜘蛛はこの網の真ん中にある、こしきのところが住処《すみか》」

彼女が指さした大きな蜘蛛の網は、小さな朝露をびっしりとその一本一本にまとい、陽光を受けて輝いていた。真ん中にある白い部分がこしきなのだろうか。

きれい、と真澄がつぶやく。確かに、蜘蛛好きならずとも美しいと感じずにはいられない、自然界の造形美だ。少し派手な色合いのその蜘蛛を見て、広瀬は言った。

「これは、いつもの女郎《じょろう》蜘蛛だな。さすがにこっちはわかる」

「少しはわかってきたみたいだね。女郎蜘蛛の名前の由来は、上臈《じょうろう》からきてるって説があるんだよ」

「じょうろう？」

「江戸時代の大奥に仕えた位の高い女中さんとか、貴婦人の意味。もし語源がそっちだったとしたら、大昔の人たちはこの蜘蛛を、女郎とは正反対の存在に感じていたことになるね」

へえ、と素直に感心した。前に、蜘蛛は節足動物ではあるが昆虫ではないと教えてもらったときも驚いた。昆虫は足が六本だが、蜘蛛は八本。昆虫の胴体は三つに分かれているが、蜘蛛は二つ。昆虫の目はたいてい複眼が二個だけど、蜘蛛はほとんどが単眼が八個か六個で――。

あ！　と小さく叫ぶと、真澄は蜘蛛の網に顔を近づけた。真ん中に陣取っていた蜘蛛が素早く動いた先に、小さな虫が絡まっていた。五ミリほどしかない虫を足で抱え込むと、糸でくるみはじめる。

真澄はそれを熱心に観察している。

「蜘蛛が餌《えさ》を食べるところ、おれ、初めて見た」

「こうやって餌の動きを封じてから、消化液で体内をどろどろの状態にして、中身を吸うように栄養摂取するの。だから表皮だけが残る。気持ち悪い？」

思わず彼女の顔を見た。美人というわけではないが、一つひとつのパーツが整っていて、すっきりと中性的な顔立ちをしている。こんな内容を冷静に話されるたび、やはり理系女子だなと思う。

「蜘蛛が餌を溶かして栄養を吸収したって言うとちょっと怖いかもしれないけど、豆助《まめすけ》が朝ご飯を食べたって聞くと、何だか可愛らしいでしょ」

「豆助って何」

嬉しそうに蜘蛛を指さした。名前まで付けてるのか。妻は『Spider web diary』というサイトを運営し、写真と文章を定期的にアップしている。サイト訪問者数はそれなりにいて、世の中には案外蜘蛛好きが多いと知ったのは発見だった。

「豆助の朝食もいいけど、おれの朝ごはんは」

「あーっ！」

二人で急いで居間に戻って、焦りながらみそ汁を温め直す時間を待ち、猛スピードで朝食をすませた。

家を出ると広瀬は、いつものように地下鉄南北線の旭ヶ丘《あさひおか》駅へ向かった。旭ヶ丘は閑静な住宅街だが、名前の通りの丘陵地だから坂道が多い。家を出て坂を上りきったあたりで、道の向こうに森林公園の鬱蒼《うっそう》とした木々が目に飛び込んでくるのだが、出勤時に見るこの風景が広瀬は好きだった。

電車の中で吊り革につかまりながら、ふと思い出した。そういえば、取材用のＩＣレコーダーを買い替えたいと思っていたのをすっかり忘れていた。スーツのポケットからスマートフォンを取り出し、よく使うネット通販サイトを呼び出した。

ディスプレイをタッチすると通信中のサインが出て、数秒後に表示が出た。

〈現在大変つながりにくい状況ですので、少々時間をおいてから再度アクセスしてください〉

こんな表示が出るのは初めてのことだった。目の前の座席に座っているおじいさんが、こちらを見て咳払いした。マナーを咎《とが》められている気がしてポケットにしまい込んだ。

電車が五橋《いつつばし》駅につくとすぐに、階段へ向かう人込みを避け、歩きながらもう一度アクセスしてみたが、やはり同じだった。首をひねりながら会社へ向かう。今日は午後に取材が二つばかりあり、午前中はその資料に目を通すだけでいい。夜更かしあけの身にはありがたい業務内容だった。

「広瀬、昼飯はどうするよ。また愛妻弁当か？」

十二時ジャストに、同僚の東海林《とうかいりん》が広瀬の机まできて言った。がに股のずんぐりした男がそばにいるだけで室温が上がりそうだ。

「弁当はやめた」

ひと頃、真澄に弁当を希望したことがあった。彼女は弁当づくりを実験の延長と考えているのか、同じ食材の弁当を、砂糖、塩、醬油、酢、ソースの配合を少しずつ変えて何度もつくる。確かに味はどんどん良くなっていくのだが、一週間も経つとさすがに飽きてしまい、やめた。

会社から十分ばかり歩くそば屋へ行くことにした。ここのところは半袖を着るような陽気も多く、きりっと冷えたそばを手繰《たぐ》りたい気分だった。

柳町《やなぎまち》の大日如来近くにある〈藪銀《やぶぎん》〉という店で広瀬は盛りそば、東海林はざるそばを、それぞれ大盛りで注文した。ここは子どもの頭ほどの超特大盛りもあるのだが、店構えや味はあくまで正統派だ。メニューを戻して広瀬は言った。

「この間お前が話してた、紙の新聞の未来を考えるっていう企画はどうなった」

「やめたよ。ありがちな企画だし、新聞記者が紙の新聞は大事だと言ったところで説得力ゼロだと気づいた。何より、おれ自身がネット媒体の恩恵を受け過ぎてる」

東海林は傷だらけのスマホを振って見せた。確かに彼はインターネット関係の知識もそうだが、デジタル機器全般に強かった。

「東海林は、いつもざるそばだな」

「上にきざみ海苔《のり》が載ってないと、何だか淋しい感じがするじゃないか。ただそばだけ食ってるみたいで」

「そばだけ食べたいから、盛りそばなんだ。海苔が入ってたら、そばの香りが消えるだろう」

そこからしばし不毛なそば談義になり、しかしすぐにそばがきたので二人とも勢いよくすすった。食べ終えて店を出たとき、広瀬は出勤時のことを思い出した。

歩きながらスマホをいじっていると、東海林が「歩きスマホとはマナー違反だな」とからかった。無視してサイトへアクセスしようとすると、出てきた画面は今朝とまったく同じものだった。

「通販サイトのE－メガだけど、何回やってもアクセスできない。こういう場合、どうしたらいいんだ」

「アクセスが集中してサーバが重くなってるんだろう。それか、お前がいい年して桃色動画サイトを見過ぎたために、データ通信制限がかかってるとか」

後半は無視して今朝のことと現状を話すと、東海林は「貸してみろ」と言って、広瀬のスマホをいじりはじめた。

「何時からアクセスが増えたのか知らないが、お前が今朝アクセスする前後からだとしても、ゆうに四時間はたってる。E－メガは日本有数のネット通販サイトだ。少々のオーバーアクセスぐらい余裕で対応できるはずだ」

東海林は今度は自分のスマホを取り出し、「試しにこっちでもやってみる」と言った。何度も首を傾げてから彼は、おかしいなと独りごちた。東海林はしきりに画面を操作して、何かを調べている。


「何かわかったか」

「この通販サイトは、どうやら昨日の夜からずっとアクセスできない状態だって、ウェブニュースにたくさん出てる」

「なんだ、それならつながらなくて当然だな。安心した」

「そうじゃなくて、これは思っている以上に深刻な状況かもしれないぞ」

「どういう意味だ？」

東海林が歩き出したので広瀬もそのあとにつづいた。彼はもうスマホをしまっている。

「いいか、ネット通販サイトに半日以上もアクセスできないというのは、会社からしてみたら致命的な事態じゃないか。某大手ネット通販の一日の売上高は、約十億円だって何かで読んだことがあるぞ。おい、俺たちの生涯賃金っていくらだ？」

「知らん」

「十億に遠く及ばないことだけは確実だ。とにかく何かのトラブルでサイト運営ができなくなって、それが十日間つづいたとしたら、単純に百億円が吹っ飛ぶ計算になる。あのメッシですら一年で八十億ぐらいなのに、十日で百億だぞ」

「金額をそんな比較で見せられると、凄さが身に沁みる」

「だから、そんな利益追求第一の会社が長時間ほったらかしにするわけが……」

東海林は一瞬立ち止まると、直後、なぜか急に早足になった。あとを追いかける広瀬に、東海林は振り返って短く告げた。

「もしかしたら、もしかするかもしれない」

社へ戻ると東海林は一緒にきてくれといった。午後からインタビュー取材の予定だったが、資料は午前中に読み終えていたのと、何より気になったので彼のデスクまでついていった。彼はパソコン画面を立ち上げると、Ｅ－メガの電話番号を調べた。

電話をかけている東海林の隣の椅子に腰かけて、様子をうかがった。どうやらかけた先はお客様サポートセンターのようなところらしく、トラブル関連の部署へ辿り着くまで辛抱強くプッシュボタンを押しつづけた。

ようやくオペレーターが出たらしい。

「そちらの通販サイトにアクセスできない状態がつづいているようですが、あ、申し遅れました。私は仙台新報社の者ですが、少々お訊《き》きしたいことがありまして……え、サーバの不具合？　ははあ、そうですか。ですが、そちらはネット通販専門のサイトですよね。それなのに一日も二日もつながらないような状態のままというのは、ちょっと信じられないんですが」

はあとか、ほうとか、まるで心のこもらない相槌《あいづち》をうっている。そして、こう告げた。

「もしかして、サイバー攻撃を受けているということはありませんか」

受けていると答えるわけがない、と広瀬は思った。万一そうだったとして、攻撃によってアクセス不能の状態がつづいている事実を公《おおやけ》にするのは、自社のコンピュータやネットワークに弱点があると認めることになってしまう。

きっと何度も同じ問答をくり返しているのだろう、東海林が思いのほかあっさりと諦めて電話を切った。

「臭うな、こりゃ」

「もしそうだとしても、会社は公には認めないんじゃないか」

「ひと昔前までは確かに、企業はサイバー攻撃をひた隠しにしたもんだ。しかし昨今は被害を最小限に食い止めるためには、早い段階で公表しちまったほうがいいという考え方が主流だ。だから急にここ一、二年でサイバー攻撃関連の報道が増えただろう。事件自体は昔から起きてるんだから、公表する企業が増えたってだけの話なのさ。通販サイトがそんな常識を知らないわけがない」

「やっぱり、大ごとにしたくないんだろう」

「よし、次は広瀬、お前が電話してみろ」

「おいおい、おれはこれから取材だ」

「取材どころじゃない。お前の場合は一利用者として、現実的にアクセスできなくて困ってる。欲しくて欲しくてたまらなかった商品を注文できなくて、苛立ちはもう爆発寸前だよな？」

「そうでもないが、そういう演技をしろってことか」

「ほれ、番号はこれだ」

何度か電話してみたが、通話中のままだった。電話回線にもアクセスが集中しているらしい。

「面白そうな状況になってきた。しかし残念だが、すぐに会社をでないと間に合わない」

「何の取材だ」

「仙台文学館で詩人と俳人に話を聞いてくる」

「浮世離れした取材だな」

東海林が皮肉めかして言う。

「報道部の仕事が飯だとしたら、文化部の仕事は酒みたいなもんだ。なくても死にはしないが、あったほうが人生は潤う」

「せっかくのスクープのチャンスを逃すつもりか？」

「そんなつもりはない。戻ったら協力するよ」

後ろ髪を引かれる思いで、広瀬は急いで出かける用意をはじめた。

3　二つの疑惑

仙台文学館を出た広瀬がタクシーを拾うと、じきに渋滞につかまった。震災と文芸という難しいテーマでの対談だったが、それぞれがいまも被災地支援を継続しているだけに、深みのある記事にまとまりそうな手応えがあった。仙台駅と泉中央《いずみちゅうおう》を結ぶ愛宕上杉《あたごかみすぎ》通りは銀杏《いちょう》並木が美しい通りだが、いつも渋滞気味だ。

社に戻ると夕方になっていた。席についてパソコンの電源を入れると、待ち構えていたように東海林がやってきた。

ため息をつき、席を立って廊下へ出た。

「いろいろわかってきた。やはり、かなり怪しい」

東海林は特ダネを摑んだような得意げな顔をしている。が、まだ確証は摑めていないと広瀬は見た。

「すぐに終わる話か」

「ああ、五分だ」

断言したのであとをついていくと、彼は資料室へ入っていった。狂騒とは無縁の、静謐《せいひつ》な空間

「おいおい、やめてくれ。彼女に限ってそんなことあるわけない」

「浮気されてる亭主の、典型的な言い草だな」

東海林をまじまじと見返した。やはりまだ真顔のままだ。酒の場の与太話《よたばなし》ではなく、本気らしい。

「これまで一度もそういう可能性を考えたことはないのか？　そういう気配を感じたことも？」

「あるか、そんなもん」

「そうか」

心の奥がざわついた。真澄の疑惑に対しての動揺ではなく、同僚が自分の家庭についてそんなことを考えていたという事実にショックを受けていた。

「そうそう、例の〈リーク〉の書き込みの続報だが」

東海林がわざとらしく話を逸らした。

「最後にこんなコメントが書き残されていた。〈ガセネタではない証拠として記しておく。今回我が社にサイバー攻撃を仕掛けてきたグループは【ニャン●●】と名乗ったようだ。いつか公になった時にこの書き込みが真実だったことを証明してくれるはずだ〉とな」

「ニャンとは、またかわいらしい名前だ。もしかしてそのハッカー、猫好きか」

「さあ、わからん。猫といえば、うちの娘が誕生日プレゼントに猫が欲しいって言い出して困ってるんだが、マンションがペット禁止でな」

それからしばらく話につき合ったが、サイバー攻撃の件も、妻の浮気疑惑の話も、消化不良のまま謎を残して東海林と別れた。

十二年前　片桐正平

日々野が志望大学に入学してすぐ、友人ができた。オリエンテーションの席でたまたま隣り合った、大居《おおい》と鳥羽《とば》という二人だった。最初のうちはあたりさわりのない話題、好きな音楽やそれぞれのお国自慢を言い合っていたのだが、講義を選択する段になると、学びたい分野についても語り合うようになった。

「日々野は、将来はどんな職業につくつもりなの」

大居が言った。背が高くて眼鏡をかけた真面目そうな男だった。

「まだはっきりとは決めてないけど、できたら生物模倣分野に関する何かをしたいと思ってる」

「生物模倣ってなに？」

二人とも初めて聞く言葉だというので、もしかするとこの分野はあまりメジャーではないのかと心配になった。日々野は自分が興味を持つきっかけとなったあのサイエンスカフェのことをかいつまんで話した。黙って聞いていた鳥羽が、あぁー、と声を上げた。

「何かで見たことがあるな、その新幹線と鳥のくちばしの話。でもそれって専門で学ぶほど大きいっていうか、将来の成長が見込まれる分野なの」

「実を言うと、その辺のことについてはあまりよく知らない。高校時代にその話を聞いて興味が湧いて、わかる範囲で調べたりはしてたけど、具体的なことに関しては全然知らないんだ」

「待てよ」

大居が言った。「さっきのカワセミの話、どっかで聞いたような気がすると思ったら、サークルで知り合った女子が言ってた。それと似たような話をしてる男子がいたって」

「カワセミの？」

「そう、新幹線つながりで」

彼らに訊かれて初めて気がついた。生物模倣技術が面白そうだとしても、それを仕事にするためには何を専攻して、どんな会社に就職すればいいのか、それとも研究職に就くべきなのか、具体的な知識は皆無に近いのだった。

「彼女の話だとその男子、相当優秀ってことだ」

「授業がはじまったばかりでまだ試験もしてないのに、なんで優秀ってわかるんだ」

大居の話に鳥羽が突っ込みを入れる。

「なあ大居、その人を紹介してくれないかな」

「いやだ。決して多いとはいえない貴重な女子なんだぞ」

「違う、カワセミの話をしてたっていう男子のほうだ」

「ほほう、日々野は男のほうが好きか」

鳥羽が冗談めかして笑った。

数日後、日々野はその優秀と噂の男子学生と表門で待ち合わせた。男の名は片桐といった。

「きみがカワセミの日々野くん？」

面食らった。カワセミの日々野ってなんだ。

「野鳥に詳しいって聞いたけど」

「違う違う、野鳥なんてほとんど知らないよ。おれは生物模倣に興味があって、それを訊きたかっただけで」

「なんだ、僕は彼女からカワセミについて知りたがってる人がいるっていうからてっきり……新幹線のケースみたいに鳥についての知見がいつか役立てられるかもしれないから、いろいろ教えてもらおうと思ってたんだけど」

「伝言ゲームならではのすれ違いだ」

彼は小首をかしげて一瞬考えてから言った。

「いや、結果的にはすれ違っていない。僕も生物模倣に関することを研究したいと思ってる。仲間だ」

片桐は、日々野が知りたいと思っていたことに驚くほど詳しかった。日々野が高校時代に読んだ本はほとんど彼も目を通していた。まだ日本で翻訳出版されていないがどうしても読んでみたかった本は丸善で取り寄せて、英語の勉強も兼ねて自分で訳したと聞いて感心した。

生物模倣技術はいくつかの分野に分けられ、形態模倣や素材模倣などがあるという。やる気と意欲に満ちあふれた、というタイプでは全くない。どちらかといえば淡々と話し、相手の質問や意見はじっくり聞くという典型的な聞き上手だった。

「カワセミみたいな例を機械系生物模倣、人工蜘蛛糸なんかは分子系生物模倣と分けることもあ

る。それぞれの特性を整理するには役に立つけど、でも言葉だけのやりとりだとやっぱり伝わりにくいな」

立ち話で足が疲れてきたと考えていると、片桐がぱっと表情を変えた。

「日々野くん、この後の予定は？」

「別にないけど」

「よし、それじゃ僕の部屋へ行こう。見せたい本が何冊かある。この分野の勉強をしたい人だったら必読の本だ」

歩いて十分ほどの片桐のマンションまで行き、写真やイラストをふんだんに使った本をいくつも見ながら、これは面白い、あれが不思議だと話し込んだ。日々野が初めて経験する科学的な議論は、とても幸せな時間だった。

気がつけばカーテンを閉め忘れた窓から朝陽が射し込んでいた。頭の芯に痺《しび》れるような疲れはあったが、逆にそれが二人のテンションを上げていた。

強く望みさえすれば何だって叶う。そう感じられるほど高揚した気分に包まれていた。この男とは長くつき合うことになるかもしれない、そんな予感があった。

4　妻の興奮

「凄いニュース！」

　広瀬が玄関のドアを開けた途端、真澄が駆け寄ってきて小さく叫んだ。彼女がこんな行動をとることは滅多にないので驚いた。頬が赤みを帯びている。

　リビングに戻りながらも、しきりに話しかけてくる。なんでも、蜘蛛の糸が人工的に作られたということだったが、広瀬には何が凄いのかわからなかった。

「世界が変わるかもしれない。ほんとに素晴しいことなんだよ」

「また大きく出たね。きみがそんな大風呂敷を広げるところ、初めて見たな」

「大風呂敷？　その言葉の定義はなに」

　出た。また定義だ。こうなると議論をしても広瀬に勝ち目はない。

「わかった、取り消す。で、どうしたんだ」

「この凄さをいますぐ理解するのは難しいかもしれないけど、この人工蜘蛛糸の量産化を成功直前までもっていったベンチャー企業の代表者が、私の大学時代の先輩なの。ダブルで凄いことだと思わない？」

世間は狭いとよくいうが、それほど大きな出来事の渦中にいる人物と、自分の妻とがつながっているというのは、なかなかに不思議な感覚だった。

「それじゃ、もしその代表者が将来ノーベル賞でも受賞することになったら、受賞者と真澄が同窓ってことになるわけか」

「もう、これだから新聞記者は。ノーベル賞とかそんなことはどうでもよくて、正確に言うとどうでもよくはないんだけど、とにかく純粋に科学的な見地から、画期的な研究開発なんです。それにお互いに友人グループの一人だったから、顔を合わせれば話をするような間柄だったんだから」

「へえ、本物の先輩後輩じゃないか」

「それにしても大学時代にみんなで話してた生物模倣技術が、しかも蜘蛛の糸っていう夢の素材が、こんなに早く工業化のめどが立ったなんて何だかまだ信じられない」

しみじみとそんなことを言う。酔い覚ましの熱いシャワーを浴びてから戻ると、彼女が話したくてうずうずしているのが伝わってきた。

「それじゃ、世紀の快挙を祝して乾杯でもしようか」

少し飲み足りない気がしていたから、バカルディのモヒートを二人分作った。少々のライムと砂糖をグラスに入れてマッシャーで潰し、生のスペアミントを指で揉んで香りを立たせ、ホワイトラムを注いでからソーダで割る。材料さえあれば簡単だ。広瀬の悪い癖で、いったんアルコールが入ってしまうと、眠りに落ちる寸前まで延々と飲みつづけてしまう。

「正直に白状する」

ダイニングの椅子に腰かけてひと口飲み、努めて明るく言った。「今日ニュースになったたっていうその人工蜘蛛糸の量産化のことが、実はよくわかってない。いったいどれぐらい画期的な技術なのか、ぜひ知りたい。だから馬鹿でもわかるように講義してください、お願いします」

「わかる、わからないは、仕方がないと思う。問題は、大介さんが、本当に知りたがっているかどうかだと思うけど」

「知りたい。そんな世界的にニュースになるような研究を、自分の頭で理解してみたい、切にそう願ってる」

彼女は薄い笑みを浮かべて広瀬を一瞥《いちべつ》すると、グラスにそっと口をつけた。

「わかった。わからない説明や言葉が出てきたら、話を止めてもかまわないから言って。私もまだ興奮がさめなくて、頭の中が混乱してる」

了解、と答えて最初の質問項目について吟味する。取材のときなどは、記者という仕事上わからないなりに相手から話を引き出す術は必要で、その点、自分は巧《たく》みなほうだと思っている。

「まず最初に、なぜ蜘蛛の糸なんだ？　いや、蜘蛛糸がかなり強いっていうことぐらいは、教えてもらって知ってるけど」

「かなり強い、というのは間違いね。自然界に存在する物質の中で一番の強靱《きょうじん》さと伸縮性を兼ね備えてる、というのが正確」

「自然の物質の中で、一番？」

正直驚いた。もしかして自然界のその他の物質というものは、案外弱いものなのではないかとさえ考えた。

「そう、一番。例えば、女郎蜘蛛の糸の中で最も強いと言われている牽引糸《けんいんし》の破断応力《はだんおうりょく》が、確か一・二ギガパスカル前後だったと思うけど、それは……」

「待った」

広瀬はさっきの真澄の忠告に従って、疑問を述べた。「破断応力って何？　ギガパスカルって何の単位？」

「えー、そこから？」

「これが文系人間のベーシックだと思ってもらえば、間違いない」

「この調子だと、今回の快挙を把握してもらうには、朝までかかりそう」

確かにそうだ。そこで再度、提案してみることにした。

「そうだ、実例を挙げてくれるといいんだよ。数値じゃなくて」

ああ、と口の形だけで答えると、真澄は言った。

「そうね、ごくポピュラーな素材を引き合いに出せば、蜘蛛糸は鋼鉄の約五倍強い」

「うそっ」

「気持ちはわかるけど、驚いたときにうそって言うのはやめてください。どうして私がこんなときに、わざわざ嘘をつかなくちゃいけないの。夫婦の間でも隠し事は仕方ないけど、嘘はだめ」

正論だ。でも、隠し事？

「もちろん同じ太さで比較した場合の話だけど。蜘蛛糸が凄いのは、それだけ強いにもかかわらず延伸性、つまり引っぱられたときに伸びる長さが、大まかに言えばナイロンの二倍程度あるというところ。鉄よりはるかに強靱なのに、同時に、柔軟性にも富んでいる。蜘蛛糸が非常に特殊なのは、物質としてこの相反する性質を併せ持っている、という点ね」

「そういえばさっき、女郎蜘蛛の中で最も強い糸と言ってたけど、個体によっても糸の強さにばらつきがあるってことなのか」

「ううん、そうじゃなくて、一匹の蜘蛛が三種類から八種類の、性質が異なる糸を出せるっていう意味」

うそ！　と言いそうになるのをこらえる。

「わかりやすい例を出せば、粘着性のある糸と、ない糸」

「くっつかない蜘蛛の巣なんてあるのか？」

「円の中心から放射状に走ってる縦糸には、触ってもくっつかない。でも、中心部からぐるぐると螺旋状に円を描いている横糸のほうはくっつく。横糸には粘着球というとても小さな球が、無数に付いてるの。粘着球が並んでる様子を顕微鏡で見ると、ビーズ細工みたいできれいなんだよ」

「前は、そんなことまでは教えてくれなかったな」

「だって、興味なさそうっていうのがありありだったから」

「それにしても参ったね、知らないことが多すぎる。新聞記者のくせに、まるで無知蒙昧のやからだ」

こうして改めて話してみると、つくづく自分と彼女との差異に気づかされる。文系と理系と簡単に言うが、根本の部分で相当違うものだと痛感させられた。雰囲気で把握しようとする者と、理詰めで納得しようとする者。

彼女と自分とでは、まるで異なる風景が見えているのかもしれない。

しかし目からうろこの話は、これだけでは終わらなかった。

蜘蛛糸の融点は二百度以上であること、水に溶けないため雨が降っても大丈夫なこと、蜘蛛の種類にもよるが、毎日あるいは二日に一度網を張り替えていること、などだ。

「何ていうか、ほんとに最強だな」

「さらに蜘蛛たちの偉いところは、糸を自分でリサイクルするというところなの。古くなった糸を消化液で溶かしてタンパク質として摂取して、お腹にある出糸腺から、もう一度タンパク質の糸として出す。ほれぼれするほど素敵な再利用なんだから」

大量生産には遺伝子組換え技術を使い、蜘蛛糸遺伝子を入れた菌を大量に増殖させ、それを精製することで蜘蛛糸タンパク質を取り出して繊維を作るのだという。

「今回もし成功したとして、具体的にはどういう使い道がある？」

「調べてみたら、自動車、航空機、医療、建築、それから軍需産業とか、それこそあらゆる分野で利用できる可能性があるみたい。例えば車や飛行機の座席シートのように柔らかくて強靱な繊維が必要とされる物なら、何にでも使えると思う。あとはコストの問題」

本格的に眠気が襲ってきた。これ以上難しい話を聞くのは無理だ。

「ところで祝福のメールとか、もう出したのか」

真澄が力なく首を横に振り、足元に視線を落とした。

「連絡とったりしてないの？」

「とってない、全然」

あまり気乗りしないふうに答える。何かを隠しているように思える。彼女は最近、ときどきこんな表情を見せることがある。

もしかして、真澄はその先輩という男に好意を抱いていたのだろうか。さらに妄想をたくましくすると、恋愛関係だったということも考えられる。理由があって二人は別れ、それから数年後、大きな成功を収めた姿をニュースで知り、遠い日の恋を切ない想いで振り返る——。

ひるがえって彼女は現在の我が身を思い、その落差に愕然としているのではないか。目の前にいるのは、まったく話についてこられない新聞記者の夫だ。

去年だったか、広瀬の実家に夫婦で帰ったとき、母親がそろそろ孫の顔を見たいというようなことを口にした。帰りの車の中で謝罪すると、真澄は気にしていないと答えた。けれどもその後はほとんど何もしゃべらず、ずっと窓の外を見て何かを考えていた。

真澄は本心を見せてくれてはいない。そんな懸念は以前からあった。結婚してもうすぐ四年になるが、これまで彼女は激しく本音をさらけ出すようなまねを、一度もしたことがない。何ごとも理性的に考えて判断し、行動する女性で、感情的になることが少ないのだ。そこが好きなところでもあるのだが。

そんなことを考えていたら、大きなあくびが出た。深刻なことを考えていても睡魔には襲われるし、死にたいほどの哀しみに包まれていても腹は鳴る。人間は滑稽なもんだ。

興奮がまだつづいているのか、真澄は少し放心したような顔つきでグラスを見つめている。それからふと顔をあげると、彼女は言った。

「ちょっと外へ出て、頭を冷やしてくる」

ああ、と答えると、彼女はパーカーをはおって玄関に向かった。

真澄は以前から、深夜になるとよくパソコンを持って外へ出た。夜から朝方にかけて、蜘蛛が網を張る様子を観察し、サイトにアップするためだ。いつもは酒を飲まないため車で出かけることも多く、お気に入りの公園へ行って、大きな蜘蛛が木の枝に大きな網を張っている様子を、飽くこともなく眺めるのである。

一度誘われて同行したことがあるが、本当に何時間でも真剣に見ているので内心呆れてしまった。宵っ張りの真澄を見送ってから、広瀬は寝室へ向かった。

広瀬が朝起きると大抵、真澄は庭で蜘蛛の網を見ているか、ユーティリティーでサイト用の記事を書いているかのどちらかが多いのだが、今日は後者のようだった。

休日ということもあって、広瀬はすっかり寝過ごしてしまった。時計を見ると午前十時を回っている。新聞の主要記事にざっと目を通してから声をかけると、すでに用意してあった朝食を出しながら真澄が言った。

「二日酔いしてない、大丈夫？」

「ちょっとアルコールが残ってる感じはするけど、まあこれがないと休日だっていう気がしないから」

「でも最近、ちょっと飲み過ぎじゃないかな。いつまでも若いわけじゃないんだから」

「おれの酒も気をつけなくちゃいけないだろうけど、真澄の睡眠時間だって気になるね。本当にいったいいきみはいつ寝てるんだ」

「私の場合は、睡眠不足気味のほうが頭の回転が良くなる傾向があるから、いまのままでいいの。大学時代の研究生活で染み付いた体質だから」

家事手伝いを長くしていただけあって、料理もその他の家事も上手い。何より手際がいい。以前、ぱらぱらチャーハンにするためには、箸を使えばいいのではないかと彼女は考えついた。菜箸《さいばし》でご飯粒を切るようにして念入りに炒めれば、きっとぱらぱらになるはずで、その通りに料理して出来上がりを食べてみたところ、本当にぱらぱらだったので感心したものだ。

「昨日の蜘蛛糸でニュースになってた先輩に、お祝いの電話を入れてみたらどうだ」

全く気づいていないアピールのつもりで言うと、真澄が意外そうな目を向ける。今日の彼女は、昨日と違って元気がないように見えた。

「もしかして連絡先がわからないのか」

「大学時代のつてをたどれば、連絡先はわかるけど、でもいいの」

彼女にとって、大学時代の思い出や人間関係は、思い出すぶんには構わないけれど、現在と地続きにしたくなるものではないのかもしれない。

でもこんなときだからこそ、夫として何かアクションを起こさなければ。

「なあ、今度温泉にでも行かないか」

「突然どうしたの？　体温計持ってこようか。平熱は三十五度九分だったよね」

彼女特有のユーモアなのか、それとも巧まざる反応なのか。苦笑しつつ広瀬は答える。

「おれが妻を旅行に誘うのは、体調不良のときだけか」

妻と温泉に行くから有給休暇を取りたいと申告すれば、デスクはいい顔をしないはずだが、女性が多い部署だけに同僚の賛同は得られそうだ。「今年は二人で旅に出かけてないから。緑もきれいな季節だし。ああそうだ、前に行った山形の湯野浜《ゆのはま》温泉で、日本海に沈む夕陽を眺めるなんていいんじゃないか」

真澄の表情が、少しだけゆるんだ。

「そうだね、たまにはいいかも。もし運が良ければ、水平線に沈む太陽が見えるかもしれないし、星座占いで五つ星くらい運が良かったら、グリーンフラッシュだって見られるかもしれない」

「前にも聞いたような気がするけど、悪い、忘れた。何だっけ」

朝焼けか夕焼けのときに起きる現象で、別名・緑閃光《りょくせんこう》。太陽光が地球の大気に対して斜めに入射したとき、プリズムを光が通るのと同様に屈折する。その際、通常は波長の長い赤色しか見えないが、空気が澄んでいて他の諸条件が整っていれば、ごくごく稀に波長が短い緑色の光が、観測者まで届く場合がある。

彼女は淡々と解説し、最後に言った。

「発生確率はとても低い自然現象だから、見られる可能性はゼロに近いと思うけど」

ゆるんでいたはずの表情は、いつの間にか元に戻ってしまっていた。宿はおれが予約しておくよと、努めて明るく広瀬は告げた。

5　危機

日々野は高速遠心分離機のローターに遠心管をセットした。遠心管には、昨夜から三十七℃で一晩培養しておいた大腸菌の培養液を、短時間遠心した上澄《うわず》み液が入っている。この時点ではまだ必要な成分以外にも多くの成分が混じっているから、さらに遠心分離機で目的タンパク質を分離・抽出し、純度を上げていくわけである。

四℃で一時間に設定してスイッチを入れたところで、日々野は黒石に声をかけた。

「コーヒーでも飲みにいかないか」

「え？　あ、いいですね。僕もちょうどそう思ってたところです」

嘘だ。さっきから黒石は、隣の机でぼんやりしていた。彼は最近、物思いに沈んでいることが多い。将来を悲観していなければいいんだけどと思いつつ、連れ立って喫茶室に向かった。

実験の仕込みを終えてしまえば、あとは反応が起きる予定時刻までは時間ができる。飲物を買い求め、いつもの窓際の席に陣取った。

「そういえば日々野さん、知ってますか？　近頃世間を騒がせてる謎のハッカー集団のこと」

「どこかのサイトが攻撃を仕掛けられたって、ネットニュースで読んだな。ニャンなんとかいうハッカー集団」

「正確にはニャン●●です。事件そのものには僕はあまり興味ないんですけど、二つの黒丸にどんな言葉が入るのかってことで、ネットでは盛り上がってるんです」

「きっと猫に関する何かだろ」

ひとしきり気楽なネタを楽しんだものの、やはり話題はいつも同じところへ戻っていく。

「やっぱり、蜘蛛糸タンパク質そのものから目を逸らしたのが敗因かな」

日々野が言うと、弾んだままの声で黒石が答えた。

「そんなことないですって、大丈夫ですよ。日々野さんは日々野さんの道を行けばいいんだし、片桐さんは片桐さんの道なんですから」

その道が、途絶えたのだ。

「結果なんて、出てみるまでは誰にもわからないもんじゃないですか。片桐さんだって、最終的にはあんなふうに研究が上手くいったから、有頂天になってるかもしれないけど、きっと目処がつく直前まではヒヤヒヤドキドキの連続だったと思いますよ、僕は」

「片桐のことだから、有頂天にはなってないだろう」

「いやいやいやいや、今頃はもう毎晩酒盛りしてるでしょう」

「あいつのことは、おれのほうがずっとよく知ってる。この期に及んでも、まだ自分では成功と考えてない可能性すらある。いや、きっとそうだ」

片桐とはそういう男だ。いまこの瞬間も彼と自分との距離はますます広がっているかもしれないと考えると、薄ら寒いものすら感じる。

「そこなんですけどね、量産化成功か？　ってなんでこの期に及んで、はてなマーク付きのニュースリリースなんでしょう。もっとこう、世界初の人工蜘蛛糸量産化が大成功！　みたいな感じで断言できないものかなあ」

全面ガラスの向こうに見える並木の木々の間から、傾きかけた太陽が顔をのぞかせている。芝生を縫うように小径が走り、花壇には色とりどりの花が咲いていた。

きれいな景色を眺めれていれば気持ちが和むものだが、日々野の心は重かった。

「繊維化して製品化するという工程が実現しつつある、というところだろう。大企業でさえ撤退した分野に、よくも諦めないで粘り強く取り組んだもんだよ。本当に脱帽するしかない」

「脱帽してどうすんですか」

黒石がかすかに怒りを含む声で言った。「日々野さんだって、いっとき諦めかけたけど、いまはもう少しで成果を出せそうなところまできてるんじゃないですか」

日々野は数年前、蜘蛛糸を模した人造繊維の研究にテーマを変更しようとしたことがあった。蜘蛛糸の特徴的な性質をもった高分子素材の研究開発で、この手法ならば低コストで大量に生産できる可能性が高いと期待されている分野だ。

つまり、絹の構造を模してナイロンが造られたように、蜘蛛糸の性質を真似た合成繊維の研究に方針を転換しようとしたことがあったのだ。ようは壁にぶつかって、逃げ道を探したわけである。

しかし教授と話し合ったところ、これまでに集めた膨大なデータを元にもう少し粘ってみようということになった。鍵となるのは遺伝子組換え大腸菌の生育スピードをさらに向上させるために、培養温度等の条件を再構築することだった。

ジンジャエールを飲み干し、ふたたび窓の外に目をやった。日ごとに強まる陽射しのせいで、新緑から深緑へと変わりつつある。

「ところで、片桐さんとはもう連絡をとったんですか」

いや、と答えた。自分の声が小さく聞こえた。

「それじゃ代わりに僕が一発、がつんとやってやりましょうか」

「お前が片桐に対して、いったい何をがつんとやるんだ?」

「いえ、特に具体的には考えてないですけど……」

そこでふっと、黒石の視線が泳いだ。視線を飛ばしている二つばかり離れた席に、女性が腰かけるところだった。確か、黒石と同じ年度に入ってきた博士研究員で、工学系の研究をしている峰《みね》さんという女性だった。

黒石の目は吸い付けられたように、白衣がよく似合う彼女の横顔を見つめている。おもしろかったのでそれとなく観察していると、彼は気づいて慌てて視線をそらした。小声で尋ねた。

「好きなのか?」

「ま、まさか、何を馬鹿なことを!」

自分でも予想外の大声だったらしく、黒石は声を取り消したいとでもいうように口の周囲を手でかき回した。びっくりした峰さんがこちらを見て、それから小さく笑った。

「確か言ってたよな。世界初を目指す研究者に、恋愛はどうとかこうとか」

「当たり前じゃないですかそんなの。今更確認するまでもないことでしょう。現在も絶賛更新中ですんで、妙なこと言わないでください」

ひそひそ声で答える黒石の、目の周りが赤くなっている。よほど好きらしい。

「もしそうだとしたらお前もおれも、そろそろ恋愛解禁ってことでいいじゃないか。蜘蛛糸での世界初は、もうなくなったんだし」

「でもまだ、ノーベル賞が残ってますから」

驚いた。

「もしかして、まだノーベル賞を目指してたのか？」

「違いますって、そうじゃありませんよ。僕が目指してるのは、僕が助手として貢献した研究成果によって、日々野さんがノーベル賞を取ることです」

ときと場合によっては、目頭が熱くなりそうな台詞だ。しかしさっきの狼狽《ろうばい》ぶりを目にしたばかりだったから、そうはならなかった。ふと疑問がわいた。もしかしてこの男は、女性と付き合えないことの言い訳に、世界初やらノーベル賞やらを利用しているのではないか。

「僕はまだ諦めてないし恋愛解禁なんてしてませんから、日々野さんもまだまだ恋愛禁止ってことでよろしく」

「どこかのアイドルじゃあるまいし。身に覚えのない約束におれを巻き込むな」

「えー、忘れたんですか日々野さん。あの夜の二人の約束を」

「忘れたっていうか、そんな約束絶対にしてない。絶対にだ」

この話題を終える意思表示として、日々野は身を乗り出してから小声で告げた。

「実は、江崎教授と話した」

唐突な話題の転換だったが、黒石はさほど意外な顔もせずにうなずいた。

「これからの、おれたちの研究テーマについて。このまま蜘蛛糸の研究をつづけていてもいいのか、それとも撤退して、別な方向へと進むべきなのか」

「教授は、何と？」

「そろそろ研究テーマを考え直す時期かもしれませんと話したら、教授も、そうかもしれないって言った」

「そんな」

黒石は、くそっ、とつぶやいた。「同じ研究者として、僕は歯ぎしりするほど悔しい思いをしてるのに、リーダーである日々野さんが、どうしてそんなに冷静でいられるんですか」

黒石らしからぬ低い声でつづけた。こんな言葉を、黒石の口から聞くのは初めてのことだった。

「明日から休ませてもらいますんで、教授によろしくお伝えください」

言葉を失っている日々野に、彼は立ち上がりながら早口で言った。やけっぱちになったのかと思い、尋ねた。

「研究室、辞めるつもりじゃないよな」

「とりあえず旅に出ます」

呆気にとられていると黒石は足早に立ち去っていった。

深い溜め息が出た。

黒石のいつもの空元気、明るく前向きなあの態度は、悲観的な考えを覆い隠すためのすべだったのかもしれない。これほど長い間、先輩後輩として付き合ってきたくせに、おれはそんなことも見抜けずにいたのか。

おのれの迂闊さ、馬鹿さ加減がつくづく嫌になった。

日々野も立ちあがる。ラボへもどって大腸菌の生育状況を確認したら、家に戻って今夜はとことん飲もう。人工蜘蛛糸量産化のために費やしてきた年月は、あっちの大成功でゼロになった。意識がなくなるまでとことん、この不甲斐ない自分を痛めつけてやる。

6　恋愛解禁

「あの、すみません」

　振り向いた白衣の女性は、やはり峰さんだった。日々野は、突然声をかけて驚かせたことを詫びてから、切り出した。

「ちょっとお訊きしたいことがあるんですが、いま忙しいでしょうか」

「いいえ、ちょっと時間が空いたところだったので休憩に」

　学内の中庭を取り囲むように並ぶベンチに座るよう促してから、自販機で二人分のお茶を買って戻った。

「峰さんの研究室は確か、工学系でしたね」

「はい、電気電子工学科です。『ＩｎＰ粒子の半導体基板上縦方向成長の研究と考察』というテーマで、論文をまとめているところです」

　工学部に女性は珍しい。本題に入るまでは相手の研究の話などで、どうにかつなげるだろうと高を括っていたのだが、つなぐための手持ちの道具が何ひとつ見あたらなかった。何か言わなければと焦りが募る。

「ＩｎＰというと？」

「インジウムリンです。といっても、専門外の方にはわからないですよね」

峰さんは小さく笑った。そばで見ると確かにチャーミングな女性で、あいつが惚れるのも無理はないと思った。

「それはその、どういう研究なんですか」

質問した途端、峰さんの顔がぱっと輝き、おしゃべりモードに突入した。つぼにはまったらしかった。

インジウムリンはインジウムとリンが共有結合した半導体のことで、家電や自動車などの半導体として利用されることが多い。半導体は電気部品の重要な部品の一つ。インジウムリンは導電性に優れているため、半導体の層として使うのに有用だが、その層をより効率的に作るための方法を探る研究。

日々野には半分も理解できない研究の概要を聞きながら、大学時代の片桐との議論を思い出していた。あいつもつぼに入ると、途端に雄弁になるやつだった。

「わたしに聞きたいことがあるというお話でしたけど、もしも研究内容に関してのことでしたら、わたしよりも佐藤《さとう》教授に直接伺ったほうが間違いないかと」

「いえいえ、違うんです。お訊きしたいのは、何というか、プライベートの話で。いや、失礼であることは、もう充分承知の上でのことなんですが」

ゆうべ酒を飲みながら思いついたことだったが、いざその場になってみると、こういう話題は自分は本当に苦手なのだというのがわかった。これも、黒石によって半強制的につづけられている、恋愛禁止の呪いかもしれない。

どうにか気持ちを鎮《しず》めて、意を決して尋ねてみる。

「峰さんは、あの、お付き合いされてる男性はいらっしゃるんでしょうか」

うつむきがちだった顔をあげ、彼女が目をぱちぱちさせている。意外にまつげが長い。

「あの、どうかこれだけは勘違いしないでもらいたいんだけど、私がこれから告白しようというわけではないんです」

しばしこちらの顔を見つめ、それからこくりとうなずいた。これでどうにか、最初に誤解を解いておく段階はクリアした。ここから先展開されるであろう問答のシミュレーションも、昨夜何度かくり返したから大丈夫だと自分に言い聞かせてつづけた。

「せいぜい顔を見たことがある程度の男から突然こんなことを訊かれて不愉快でしたら、ここで質問を打ち切っても構いませんけど」

「テーマのない雑談のほうが苦手なので、別に不愉快ということはありません。でも、こういう種類の話題には慣れていないので」

恋愛話に慣れていないということは、恋人がいない確率が若干高くなったのではないかと勝手に推量した。

「じつは私も、この手の話には疎《うと》くて。不慣れな者どうしということで、雑談形式よりは質問形式のほうが答えやすいかなと思ったんですが。ところで峰さんは選択問題と記述問題、どっちが得意ですか」

「科目や内容にもよりますけれど、選択問題のほうが気持ちは楽でしょうか」

「それじゃ、二者択一形式で質問させてもらって構いませんか」

くすっと笑ってうなずいてから、峰さんは「面白い方ですね」と言った。

「それでは最初に、峰さんには恋人が、一、いる、二、いない」

やや間が空いた。いたたまれないような時間が流れる。

「二、いない、です。残念ながら」

残念どころか、日々野は内心で快哉《かいさい》を叫んだ。まずい、興奮してきた。なぜだ？

「それじゃ次の質問ですが、これはちょっと答えづらいかもしれませんけど、一、恋人は必要ないからいない、二、必要だけどいない」

「どちらかと言えば、二、でしょうか。でもせっかく二択にしていただいたのに申し訳ないんですが、三つ目の選択肢として、どちらとも言えない、というのがあってもいいかなって思いました」

「ということは、気持ちとしては三に近い？」

「二と三の間にある、あやふやなゾーンかもしれません」

「工学部だけど、けっこう曖昧な感じなんですね」

「人間の気持ちって、自然数とか整数じゃなくて無理数だっていう気がします」

言いたいことが少しわかった。自然数も整数も有理数に含まれるが、無理数は割り切れない数字の中でも、小数の並び方に法則性がないものを指す。人の気持ちに単純な法則などなく、どこまでいっても割り切れない円周率みたいなものだ。日々野は峰さんに好感を持った。黒石にはもったいない女性だ。

迷っていた峰さんは、意を決したという感じで言った。

「やっぱり二、にします。一、じゃ淋しすぎますよね」

「それじゃ、質問は次で最後です。峰さんにはいま好きな人が、一、いる、二、いない」

「これは難問だなあ。というか、非常に答えにくい質問です」

「そうですよね、わかります。自分が女性だったらと考えると、とても答えにくい、プラス、とても無礼な質問だと思います。でも、せっかくここまで付き合ってもらったので、どうにか回答をお願いできませんか」

この三番目の質問までクリアすれば、目標としていることにかなり高確率で近づける。ここで初めて、彼女はペットボトルのお茶を口にした。

「二、です。研究に捧げる青春とか？　二十代半ばで青春って、わたし、何言ってるんだろ」

ありがとうございます、と日々野は笑いもせずに深々と頭を下げた。

「本当に本当に、助かりました」

「助かりました？」

峰さんは小首をかしげた。

「助かるというのは言葉の綾で、たいした意味はありません。それでは、こんな話に時間を割かせてしまってすみませんでした」

「これで終わりなんですか？　この二択問題の意味を教えてもらえないんでしょうか。もし教えてもらえなかったら、わたしはただただ恥ずかしい思いをしただけ、ということになってしまいます」

恥ずかしい思いは日々野も同じだったが、何しろ話を持ちかけたのはこちらである。一刻も早くこの場から立ち去りたいと願っていたのだが、やはり無理なようだった。日々野は諦めて告げた。

「ある人物が、峰さんに好意を抱いていると仮定してください」

「仮定、ですか」

「ええ、あくまで仮定です。確定した事実ではありません。その人物は、自分で自分に勝手に縛りをかけてしまっているのです。恋愛禁止、と」

左手で右の肘を押さえ、右手で頬杖をつく姿が絵になっている。

「その理由に関しては、武士の情けというやつで勘弁してください。これ以上独断で話を進めてしまうと、まずいことになるかもしれないんで」

「わかりました。といって、実はよくわかっていませんけど、とにかく了解しました」

別れ際、ふと気づいた。

「そういえば工学部って、白衣は必須でしたっけ？」

「いえ、ほとんど着ている人はいませんね。わたしの場合は、趣味なので」

「趣味？」

「高校時代に大学は理系へ進もうって決めたとき、決め手になったのが白衣だったんです」

白衣が決め手。その心は？

「白衣って、理系の象徴みたいなところがあるじゃないですか。白衣姿に憧れて大学に入ってみたら、工学部に白衣は不要だって初めて知って。もの凄くショックを受けました。でもやっぱり、白衣を着る自分をイメージして理系学部に進学したので、なんかもう意地になっちゃって、趣味で着つづけているんです」

うん、いい感じだ。いい感じで変人に仕上がっている。可愛らしくて穏やかそうな笑顔と、語る内容のこのアンバランスさが、絶妙な配合である。黒石もそれなりに常軌を逸した部分があるから、似た者どうしでお似合いかもしれない。

会釈を交わして、峰さんと別れた。

日々野はよく黒石と一緒にいるので、彼女にはもうばれてしまっている可能性もあった。しかし、そうなったらそうなったで構わない、とも考えていた。

別に罪を犯したわけじゃないが、と歩きながら考える。何年も時間を無駄にさせてしまった後輩への、せめてもの罪滅ぼしとして思いついたのが、彼が好意を寄せていると推測される峰さんとの仲を自分が取り持つことだった。ばかばかしい思いつきかもしれない。しかし、この先どんな展開が待ち受けているにせよ、何もせずにじっと動かずにいることが一番良くない。しみじみとそう思ったのだ。

気持ちが幾分軽くなった気がした。おれも動こう。

片桐に連絡する覚悟が、ようやく固まった。

〈連絡ありがとう。久しぶりだ。こっちのほうこそすっかりご無沙汰した。悪かった。

古いメールを調べてみたんだけど、最後に日々野から連絡があったのが、三年前の十一月。ちょうど当時は、僕らが進めていた研究の成果が出始めていた頃にあたる。膨大なデータ解析の目処がたって、タンパク質の組成比率の試行錯誤をくり返して、ようやく天然蜘蛛糸に比肩し得る繊維の産出が現実のものとなってきた時期だった。

極秘プロジェクトとして進めなければならないことになって、関係者全員に例外なく守秘義務が課されたんだ。特に慎重さを求められたのが、類似の研究を進める科学者、技術者間のやりとりだった。

サイバー攻撃が世界中で頻繁に起きる時代だし、重要なデータの流出にはどれだけ神経を使っても使い過ぎることなんかない。僕は過去に手痛い失敗をした経験があるから、尚更だ。と、ここまでがご無沙汰の言い訳でした。次は、近況など。

実は、入籍した。〉

日々野はいったん、視線をディスプレイから外した。反射的に頭に浮かんだ女性がいたからだ。遠い日のその女性の笑顔が、頭の内側にへばりついて離れようとしない。日々野はしばらく目を閉じ、絶望を受け入れる心の準備をしてから、つづきを読んだ。

〈僕の妻になってくれた奇特な人は、四ノ宮《しのみや》（旧姓）灯さんだ。

披露宴はしていない。僕の研究に一定の成果が出るまでは、結婚式は挙げなくていいと彼女が言ったんだ。

今回の研究成果についてはメディアにも随分取り上げてもらったけど、僕個人、そしてチームのみんなも、まだ真の意味での成功とは考えていない。繊維の供給量についても、人工蜘蛛糸のクオリティに関しても、改良の余地は大きい。

日々野、本当に嬉しかった。ありがとう。

近いうちにぜひ飲みたいな。お互いその日を楽しみに研究に邁進《まいしん》していこう。〉

組んだ両手をひたいに押し当てて、日々野は目を閉じた。予測できていたはずなのに、それなのに、衝撃に襲われていた。

研究成果ではすでに縮めようがないほどの差をつけられ、かつて好意を寄せていた灯も片桐の妻となってしまった。中でもひときわ重かったのは、彼女が片桐に言ったという言葉だった。

研究者として、研究テーマで成果を出すことはもちろん大きな目標ではある。しかし片桐が挑んでいたのは、長い間世界中の科学者が求めて得られなかった、究極といってもいいほど困難なものだった。日々野も同じテーマを追いつづけてきたからわかるが、研究を進めれば進めるほど、これは本当に大変なことなのだという事実を突きつけられる歳月だった。

四ノ宮灯の、片桐正平への想いはそれほどまでに強く、深いものだったことの、これ以上ない証といえた。同時に彼女は片桐という男に、研究者として全幅の信頼を抱いていたということでもあるだろう。やつにはっぱをかける意味合いもあったのかもしれないが、そのことも含めて、ひと回り大きな愛情さえ感じる。

完膚《かんぷ》なきまでに叩きのめされるとは、このことだった。

自分では駄目だったのだろうか。

きっと、駄目だったんだろう。実験に取りかかるには、きちんとした理由と準備がいる。けれど人が人を好きになるのには、理由も準備も不要だ。

八年前　四ノ宮灯と白百合真澄

片桐がひょろりと背の高い女子学生を伴ってやってきたのは、日々野が昼食後にテラスでぼーっとしていたときだった。

「やっぱりここだったか」

「これから昼飯？」

いや、と言うと片桐はうしろに立っていた女性を紹介した。

「うちの研究室に入ってきた後輩。白百合《しらゆり》真澄さんだ」

どうも、と日々野は言った。工学系に比べればまだ多いものの、それでも男だらけといっていいこの学部には数少ない女子学生を、よりによって片桐が連れ歩くのは非常に珍しいことだった。

「彼女、蜘蛛が好きなんだ」

唇の端をあげてにやりと笑った片桐の意図を察して、日比野は言った。

「もしかして、生物模倣の同志とか」

「そう。蜘蛛と糸のことを学びたくて、うちを選んでくれたそうだ。だね？」

片桐に話を振られた真澄は、男の先輩二人を前にしても物怖《ものお》じするでもなく言った。

「小さい頃から蜘蛛が大好きで、自分の体から出した糸を使ってあんなにきれいに網の造型物をつくるなんて、一体どうなっているんだろうって不思議に思ってました。それで高校のとき、蜘蛛の糸を人工的に作ることができたら夢の新素材になると言われてることを知って。蜘蛛も蜘蛛糸も凄いなって思ったんです」

なるほど、確かに少々変わっている。いかにも片桐が好みそうな、偏った思考の女性らしい。

「これでマニアが三人になったわけだ」

「灯さんもいる。生物模倣クラブ会員、四名だ」

こんな軽口を叩くところを見ると、片桐は新しい同志が増えてよほどうれしいらしい。研究室に入ってきた真澄は、基本を覚えるために試料や試薬を管理・発注する片桐の下に入った。担当者である灯とはあっという間に意気投合し、いまでは大学以外でも連絡をとり合うほど仲がいいのだという。

生物模倣クラブなんて初めて聞いたが、たったいまこの場で誕生したらしい。共通の話題を語り合える新しいメンバーの登場は、日々野にとってても喜ばしいことだった。

「そこで、真澄さんと日々野の顔合わせも兼ねて歓迎コンパをやろうかと思ってるんだけど、どうかな」

「もちろん、あかりんも呼んでですね」

「あかりん?」

「ごめんなさい、あかりさんのことです」

「灯さんがあかりんで、真澄さんはゆりちゃんだそうだ」

苦笑しながら説明する片桐に、日々野は真顔で提案する。

「クラブ内での愛称か。わかった、おれは片桐のことを片りんと呼ぶことにする。おれのことは日々のんと呼んでくれ」

「いやだ」

真澄が小さくふきだし、つられて片桐も笑う。わずかな誤差も出さないように気を張り詰めて実験をつづける毎日に、こうやって気の置けないばかを言い合える友人がいることが、どれほどありがたいことかと日々野は思った。

週末、歓迎コンパが開催されることになった。和モダンな感じの和食ダイニングのテーブル席で各人が料理と飲物を注文し終えると、突出しにホヤの酢のものが出てきた。それを見て真澄が嬉々として語りだした。

「ホヤって原索動物の一種ですけど、動物の中で唯一、植物と同じ繊維のセルロースをつくり出せるんです」

ほお、と片桐が興味深げに言う。真澄はホヤを箸でつまみ、しばし観察してから咀嚼し、食べ終えてつづけた。

「しかも食材の中で、甘味、酸味、苦味、塩味、旨味の五つの味覚を同時に感じることができる、唯一の食材でもあるそうです」

「ホヤ、凄えな」

感心して日々野も食べてみた。これまではどちらかといえば苦手だったが、その味覚を試してみたくなったのだ。片桐と灯も、へえとかふうんと言いつつ口に運んでいる。

「真澄さんはこういう知識が豊富で、僕らはいつも驚かされてばかりなんだ。ただ、その広くて深い知識がどうも偏ってるように感じられるんだけど、どの領域に偏倚《へんい》しているのかがどうもわからない」

「意外に単純なことです」

片桐の疑問に、真澄は自慢するでもなく淡々と答える。

「その生物にしかない特徴、ある場所でしか発生しない自然現象、そういうただ一つのものに関心があるんです。雑学に過ぎないですけど」

「唯一無二の存在に引かれるんだ?」

日々野が尋ねると、真澄は小さく笑ってうなずいた。片桐と二人だったら、学校の外でもタンパク質やパラメーターがどうしたと同じ話題に終始して、それはそれで面白いのだが、真澄の話はちょっと角度が違っていて知的好奇心を刺激してくれる。

真澄からあれこれ訊き出そうとする日々野たちの話を聞きながら、灯はにこにこと笑みを浮かべて料理を小皿へ取り分けてくれる。こういう気遣いが生来のものなのかはわからないが、日々野には好ましかった。

ふと思い立って、灯に話題を振ってみる。

「理系の人間って、例えば片桐みたいに街中で素数を発見するとうれしいとか、おれみたいに理屈っぽいくせに実は論理的じゃないとかいろいろあると思うけど、灯さんにも偏ったところってあるの」

「あえていえば、ＳＦおたくなところかな」

「意外だ。どういうSFが好きなの」

「映画なら、断然『ブレードランナー』です。名作中の名作ですよね。劇場公開版からディレクターズカット版までDVDは全部持ってます」

そこから延々とその映画がいかに傑作か、人造人間を意味するレプリカントの名称は細胞複製からきている、ラストにレプリカントと刑事が逃避行するシーンは素晴しい等々、堰《せき》を切ったように語りはじめたのには驚いた。

いちいち全員に同意を求めつつ話していたが、最後になって実は灯以外に誰も観たことがない事実が判明し、彼女がひどく落胆したところで爆笑となった。

ふだんは聞き役で自分から話しはじめることも少ないのに、いったんつぼにはまると滔々《とうとう》としゃべりだす。何だか片桐に似ているなと思い、同時にもやもやとした気持ちになっている自分に気がつく。嫉妬にも似たその感情を持て余して、日々野は我ながらうんざりした。

7　ボット

一条克彦《いちじょうかつひこ》は、会社にあるラボの一室で、ＤＮＡ断片を電気泳動装置にかけていた。ＤＮＡ断片の混合溶液をゲル内のマイナス極側に注入し、泳動時間を三十分にセットする。網目構造になっているゲル内をプラス極側に移動する際、ＤＮＡ断片が短いものは早く移動し、長いものはゆっくり移動するため、その長さの違いにより分離することで濃度や純度を計算できる。

スイッチをオンにしてから、自分の机に戻った。人工蜘蛛糸量産化の目処がたち、何度目かになるプレスリリース作成を目前に控え、発表するデータを確認するための最後の追い込みに入っていた。ラボでは交代制が敷かれるようになり、昼夜を問わず実験と確認作業が行なわれていて不夜城といった状態である。

ラボごとに一人か二人の人員が配置されているはずだから、研究棟全体ではそれなりの人数の社員が、いまこの時間も仕事をしているはずだった。ラボは廊下に沿って並んでいて、各室には一ｍ四方ほどのガラス窓があるが、隣接しているラボに人影はなかった。一条は眼鏡を拭き、それから壁時計に目をやった。

二十三時五十八分。

三十分を何にあてようかと考えた。早目の夜食をとろうか、それとも仮眠をとるか、そんなことを考えながらパソコンに手を伸ばしたとき、作動していたスクリーンセーバーの時刻表示が「00：00」に変わった。

突然パソコンの画面がぱっと明るくなった。キーボードには触れていない。見覚えのない、黒一色の画面に変わった。黒とはいっても、スリープ状態の黒とは違い、濃いグレーだ。と、上から何かが降りてくる。

眼鏡を直し、思わず顔を近づけた。

蜘蛛だ。

するすると画面中央まで降りてきた蜘蛛は、いったん静止したかと思うと、今度は凄まじいスピードで縦横無尽に画面上を移動しはじめた。黒い地の上に、白い糸が猛スピードで増殖していく。気づいたときには、画面に蜘蛛の巣が出来上がっていて、その真ん中に一匹の蜘蛛が頭を下に向けて陣取っていた。

それまで呆気にとられてただ眺めているだけだったが、ここでようやく我に返り、キーボードを叩いてみるが、まるで反応しない。

いったいこれは何だ、何かのいたずらか、そう自問すると、まるでそれを見透かしたかのように、蜘蛛の下に文字が表示された。

【ニャンドゥティ】

「何だ、これ？」

顔を上げ、周囲に誰かいないか確認したが、右隣も左隣も廊下にも、ガラス越しに見える範囲内には誰もいなかった。
仕方なくもう一度パソコンに目を戻すと、画面が再び動き出した。
今度は大きく〈WARNING！〉の文字が出た。追いかけるようにビーッ、ビーッ、ビーッ！　とパソコンスピーカーから、断続的な警告音。同時に画面全体が赤く点滅をはじめる。
事ここに至って初めて、激しく動揺した。自分の心臓の鼓動を鼓膜の内側にはっきり感じた。
ハッキングされたんじゃないか？
「大変だ、大変なことに……」
唐突に、警告音が鳴りやんだ。
蜘蛛の巣も、〈WARNING！〉の文字も消えていた。代わりに、画面にびっしりと小さな文字が並んでいる。こわごわ椅子に腰かけて顔を近づけ、再度眼鏡をずり上げて目を凝らした。
〈このパソコンは我々が引き継がれた　コンピュータ管理者の権限はブランクになった
我々はくもの網を要するに「World Wide Web ＝くものネットワーク」で世界的に自由に飛ばしてきた
おまえたちは今回によって世界のくも糸の大量生産にはじめての成功した
それは素晴しい！
我々とおまえは大きいくもの糸を恩恵を受け取る仲間として祝福を与える
我々はニャンドゥティ〉

首をひねった。日本語で書かれてはいるが、文法的におかしく、まるで子どもが書いたような文章だった。

せめて今の自分にできることをやろうと、一條は文章の意味を把握するために頭を回転させはじめた。

最初はパソコンの乗っ取り宣言だ。

二行目は、彼らがネットを通して世界中を飛び回っているということだろうか。

四行目は、人工蜘蛛糸の大量生産の成功を指しているに違いない。

六行目には仲間と書かれている。彼らと自分たちが、仲間？ そこで一條は、はっとした。

Ｗｅｂを日本語に訳せば、蜘蛛の巣という意味になる。ハッカーたちと自分たちはどちらもＷｅｂ、つまり蜘蛛の網から恩恵を受けているから祝福する、そう言っているように思えてくる。

スマホを取り出して電話帳から知人を呼び出す。錯綜していた頭の中が、少しずつ落ち着いてきた。

時間は十二時過ぎ、あいつにとってはまだ宵の口のはずだ。

「あ、一條だけど」

「おう、深夜勤務ご苦労さん。どうした、夜も更けて幽霊でも出たか？」

「ハッキングされたみたいなんだ」

軽口を無視して単刀直入に告げると、松崎《まつざき》は数秒黙り込んだ。

「どうしてそうだとわかる？」

スリープからの自動的な解除、そして蜘蛛のアニメからさっきの文面の内容まで、大ざっぱに伝えた。

「それが本当だとしたら、やばいな。機密情報が盗まれてるかもしれない。いまからそっちへ行く」

頼む、と答えて電話を切りかけたとき、待てと声が追いかけてきた。

「もうひとつ教えてくれ。そのハッカー集団は、自分たちの名を名乗ったんだな？」

「ああ、そうだと思う。我々はニャンドゥティと書いてあった」

ニャンドゥティ、と復唱してから電話は切れた。

小刻みに震える指先でマウスを持ち、文面をスクロールしていくと、それはこうつづいていた。

〈あなたに関しては我々が生物が模倣されるという意味でそれが同じタイプである
我々のコンピュータのウイルスは自然の世界のウイルスの模倣した
その会社の機密保護で脆弱性《ぜいじゃくせい》をよってが複数あるコンピュータ所有している
免疫が減ったらウイルスによりまさに病気を引き起こす
その世界的で英雄的行為はゼロと指定されないために提案する
記録するか機密保護の専門家にどれがデータを示して直ちに対処するべきである
次に、そのリストは全部書かれる〉

日本語で書かれた文章はここで終わっていて、その先には一条が理解できない数式や記号のようなものがびっしりと書き込まれていた。今度は相手の言いたいことが伝わってきた。

セキュリティの脆弱性はウイルスによる病気を発症させる、つまりデータの破壊や漏洩につながる。

　世界的な快挙をだめにしてしまわないため、コンピュータ・セキュリティの専門家にデータを開示して直ちに対処すべきだ、ということだろう。

　深夜にもかかわらず来てくれた松崎が、一條のパソコン画面をしばらく凝視してから、ぼそりと言った。

「ホワイトハットかな」

「何だよそれ」

「ホワイトハット・ハッカー、善意のハッカーのことだ」

　翌日、会社は大騒ぎになった。早速ＩＴ情報セキュリティの専門会社に連絡し、ネットワークを含めた脆弱性を全面的に洗い出す作業が、急遽行なわれることになった。その結果、一條のものを含めて社内のパソコン数台が、知らない間に何者かによってボット化されていた事実が明らかになった。ソフトウェアの最新アップデートを怠っていたことが、その一因だったと判明した。

　アプリケーションやオペレーティング・システムの弱点を修正するため、パッチと呼ばれる修正プログラムが当てられた。予想外の速さで作業を終えることができたのは、ひとえにホワイトハット・ハッカーと思しき相手が提供してくれた、詳細な脆弱性分析データのおかげといえた。

　大詰めを迎えていた研究開発の重要性、そして事態が事態だっただけに、この騒動は世間に公表されず極秘裏に処理され、厳重な箝口令が敷かれることになった。

8　迷走

黒石の自分を見つめ直す旅は、わずか三日で終わったらしかった。ひとりの人間の来し方行く末を熟考するのに、三日間は少なすぎやしないだろうか。

日々野の心も、いったんは奈落の底へと突き落とされたものの、黒石の休暇中に江崎教授と話し合ったことで幾分持ち直せた。

新たな研究テーマを探してみてはどうか、という話になったのである。

このまま研究室を追い出されかねないと考えていた日々野にとって、それは大きな救いとなった。話し合いの席で江崎教授は、こちらの心境を見透かしたように言った。

「私に見捨てられるかもしれないと思ってるのかい」

「いえ、そんなことは……」

「顔に書いてあるよ。江崎は、蜘蛛糸で先を越されてしまった自分と黒石の首を切って、新たに若手研究者を招くつもりかもしれない。どうだい、図星かな？」

何も言えずに黙っていると、江崎教授は肘掛けにのせた両手を組んで背もたれに身を預けた。

「本当にそう考えていたのだとしたら、心外だ。僕はそこまで人でなしじゃない。ただ、いま現在の気持ちを正直に言えば、腹立たしい」

「申し訳ありません、力が至らなくて」

目をまともに見られなかった。相手の声のトーンが厳しいものに変わった。

「そういうことを言っているんじゃないんだ。研究の世界にだって、当然のように競争は存在する。勝った負けたで一喜一憂するのは当然のことだ。私自身、これまで何度も先を越されて悔しい思いをした経験がある。勝ち負けには時の運もあるんだから、負けたことは致し方ない。重要なのは、敗北をしっかり敗北と認め、そこから学ぶ気持ちがあるかどうか。万一それがなければ、人はもうそれ以上は成長できないということだ」

消え入るような声で、はい、と答えた。そう、前途を断たれた自分には、成長しようにもその舞台そのものが眼前から消えたのだ。

「はい、というのは肯定を表わす返事だ。日々野くんはわかった振りをしているが、本当はわかっていない。いいかい、私が言いたいのはこういうことなんだ」

江崎教授は身を乗り出してつづけた。「私の研究室に敗者がいたっていいんだ。しかし、もっと成長したいという意欲のない者は必要ない。たかが一度やられたくらいで、いつまでもうじうじと落ち込んでいるんじゃない。焦らなくていいから、黒石くんと一緒に次の研究テーマを探すんだ」

江崎教授は立ち上がると、いつも執務机の横に置いてある地球儀を回してから、珍しく芝居がかった大げさな仕草で両手を広げた。

「人類と、この惑星の役に立てる研究者を、もう一度目ざそう」

瞬間、日々野の身体はぶるっと震え、電流が走った。気づいたときには立ち上がって、はいっ、と力強く答えていた。

そんなわけで、旅から戻ってきたばかりの黒石を店に誘い、江崎の言葉を彼にも伝えたのだった。運ばれてきたお通しに箸もつけないで話を聞いていた黒石は、感極まったという感じで呟いた。

「つくづく尊敬に値する方です、江崎教授は」

「おれも感激するという感情を久々に思い出させられた。科学者としての業績だけじゃなくて、人間としての器の大きさが違うよ。本気でもう一度やってやるかって気になった。そこでだ、次の研究テーマを見つけるために、徹底的に話し合ってみようと思ったわけだ」

「やっぱり、江崎教授の専門のフィブロインか、その周辺の研究がいいんでしょうか」

「実はそのことも訊いてみたんだが、教授は、これまでの延長線上じゃなくて、いったん全部白紙にして考えてみるほうがいいだろうと言ってくれた。狭い範囲をうろうろしてもしょうがない、いったん頭の中を空っぽにしてみろ、って」

日々野がブドウエビの握りを口に放り込むと、黒石もウニの軍艦巻きに箸を伸ばした。冷たい海で育ったエビの甘味が舌に広がるのを楽しんでから、白ワインをゆっくり飲む。いつもならピッチの速い黒石がスローペースなのは、血流が胃腸に集まり脳に酸素がいかなくなっては意味がないと、最初に話していたからだ。

「だから、これまでに話題になったり、気になっていたりした素材を、洗いざらいまな板の上にのせて吟味していくほうがいいと思うんだ」

「面白そうじゃないですか。僕らの研究生活を、棚卸ししてみようってわけですね」

「黒石が個人的にやってみたい題材や素材はあるか」

「そりゃありますよ、前から気になってるものが。ロボットです」

絶句した。まさか、ロボットとは。

「知らなかったよ」

「子どもの頃から好きでしたから、ロボット。理系の教科が好きになったのも、そのおかげです。けど僕自身知識も技術もまるで持ち合わせてませんから、無理だと思います」

「何だよ、やる前から諦めてるんじゃしょうがないな」

「議論の口火を切るために言ってみただけです。日々野さんはどうなんですか、やってみたい新たなテーマってあるんですか」

どの辺りから話そうかと考えていると、黒石がうれしそうに笑って言った。

「いま自分で言ってみて思ったんですけど、いいですねこの、新たなテーマっていう言葉。これ、長いこと忘れてた感覚だなあ」

気持ちはよくわかる。日々野も江崎と話していたときに、同じような感慨にふけったからだ。これまでは狭い場所へ、深いところへともぐり込んでいくように研究と向き合ってきたが、不意に目の前にだだっ広い新天地が広がったような開放感があった。

ただ、その新天地が緑豊かな森なのか、はたまたまるっきり不毛の曠野《こうや》なのか、足を踏み出してある程度進んでみないことにはわからない。テーマの選定は、ある意味博打だ。

「おれはやっぱり生物模倣にこだわりたい気がしてる。自分の研究者としての原点でもあるし。そしてできることなら、どうにか一度片桐に勝ってみたい」

ビールを飲みかけていた黒石の手が止まった。呆れた、という顔だ。

「まだ蜘蛛の糸に固執してるんですか？　せっかく江崎教授がそう言ってくれてるのに」

「違うよ、そういう意味じゃない。勝ちたいっていうのは言葉のあやで、何て言えばいいのかな、あいつを一度でいいから、心底感服しましたと言わせてみたいっていうか」

ビールを飲みながら大きくうなずいているが、それでいてこぼさないのだから器用な男だ。

「僕、やっとわかりました。日々野さんは、片桐さんが好きなんだ」

「なんでそうなる。気持ち悪い」

「そういう意味じゃなくて、ほら、あくまで科学者としてっていうか、一人の友人として、好きっていうか」

頭を整理した。片桐とは、昔通りの古い友人同士として、心ゆくまで話をしてみたいという願望は強い。けれどもいまの状態で会えば、絶対に卑屈になってしまう。それが嫌だった。あいつとはいつも対等の関係でいたい。昔もいまも、そうでありたいと思ってきた。どちらが上でも下でもなく、大学時代と同じように馬鹿なことを、真剣に語り合える仲でいたかった。

だから新たに取り組む研究テーマは、ぜひとも片桐が一目置くようなものにしたいという思いが強い。日々野は、意を決して言ってみた。

「ひとつ考えているジャンルはある。生物模倣の軍事転用技術だ」

「本気で言ってるんですよね、それ」

「もちろん。日本は軍隊をもって運用している国に比べれば、軍事利用できる技術の蓄積は圧倒的に少ない」

「なるほど、国内のライバルが少ないという意味ですか。でも旧財閥系の企業が、限りなく軍需品に近い製品を造ってますから、データや知識の蓄積は、表には出ないだけで相当あるんじゃないですか」

「それはいわゆる武器とか、遠隔操作技術とか、いわゆるハードの部分じゃないかと思うんだ。生物模倣と軍用っていう組み合わせは、日本ではそんなにない気がする」

生物の機能や生態を参考にして、人間が使うものに利用する生物模倣は、古くから行なわれてきた。しかし工業的に再現されるようになったのは、ナイロンの登場や、面ファスナーからである。デュポン社が造ったナイロンは絹糸を模した合成素材だし、面ファスナーはゴボウの実が服や動物の毛にくっつくことをヒントに造られたものだ。

その後は、蓮の葉の超撥水性や、サメの肌の低抵抗性を生かした表面素材、ガラスも天井も自在に歩き回るヤモリの足を商品化したテープ等々、枚挙にいとまがない。潜水艦のソナーは、自ら発した超音波の跳ね返りを利用して周囲の状況を知る、コウモリの能力を再現したもの、というように。

「軍用材料と聞いて僕がまず最初に思い浮かべるのは、米軍とカナダの会社が防弾服用に開発したバイオスチールですかね。でも、これもやっぱり蜘蛛糸か」

「あれはかなり前に規模が縮小されて、話題にものぼらなくなったな。モンスターシルクもあるが、これも蜘蛛糸遺伝子を組換え、蚕の絹から繊維をつくるわけだから、うーん」

「改めてこうやって考えてみると、蜘蛛糸って、やっぱすげえなあ。生物模倣なら何でもいいということは、シルクのタンパク質に関係するものでもいいわけですよね」

黒石が思いついたように訊いたので、日々野はうなずいた。

「ちょっと変わり種の研究を、この間見つけたんです。トビケラっていう虫なんですけど、知ってます?」

「いや、初めて聞く。その虫がシルクを出すのか?」

「そうらしいです。川で生まれて成長する虫なんですけど、水の中でシルクの糸で巣を作るんですって」

少し興味が湧いたので先を促した。

カゲロウなどの仲間に似て、幼虫が水中で生活するトビケラという昆虫がいる。中でも大型で、造網性と呼ばれるヒゲナガカワトビケラの幼虫は、自分の体が流されないように水の中で繊維化する絹糸を、石や岩にくっつけて網を張る。同時にこの網は、流れてきた微粒子を引っかける役割も持っており、幼虫はそれを餌として成長する。

「特に興味深いのは、水中で絹を出して糸にするっていう部分だと思うんです」

「シルクというからには、フィブロインとセリシンでできてるのかな」

「それが、僕が見た時点ではまだ遺伝子解析中ということで。その後はフォローしてないからわからないけど」

「水の中で、しかも石に固着するための接着剤の役割も果たすっていうのは魅力的だけど、研究途上かあ。後発で研究をはじめてもいいぐらいの、抜群に魅力的な素材ならいいんだけど」

「でも一つだけ、非常に面白い事実が判明してます。このトビケラって、完全変態なんです。虫のくせに、完全な変態」

黒石が自分の言葉に、ぷぷっと笑った。笑える気分じゃなかったので、日々野は静かに白ワインを飲んで話題を転じる。

「ひとつ確認しておきたいことがあるんだけどいいか」

どうぞ、というように手を向ける。

「おれたちの恋愛禁止協定は、現在も有効なのか？　そして新しいテーマが見つかって、研究に励むようになってからも、ずっとずうーっとつづくのか？」

うーん、と迷っているふうな彼に、爆弾を投下することにした。

「ところで黒石、お前は峰さんの秘密を知ってるか」

「な、なんですか藪から棒に」

「ひょんなことから、彼女に関する機密情報を入手する機会があってな。もしお前が知りたいというんだったら、それを教えてやらないでもないんだが」

「一体なんなんですかもう、峰さん峰さんって。あ、もしかして日々野さんは彼女のこと、もしかして」

今日初めて、黒石は真顔になった。

「彼女は確かにチャーミングな女性だが、残念ながらおれのタイプじゃない。何でこんなことを言い出したかっていうと、ちょっと考え方を変えたほうがいいかなって思ったんだ。恋人や奥さんがいて生活面でも精神的にも安定していたほうが、研究にもっともっと身が入るんじゃないかとな」

片桐がいい例だとは告げる気になれなかった。

「黒石は、どう思う？」

「……ええと、まあ、そうですね、そういう考え方もありだとは思いますけどもね。でも、うーん、どうなんでしょうか。やはり禁欲的に研究にのめり込むほうが、個人的には性に合っているというか、でも心に平穏をもたらしてくれる私生活というのも、捨て難いものがなくもないような……」

ぐらつきまくっている。ここらで、だめ押ししておくか。

「峰さんには恋人がいない。しかも、恋人が欲しいけど、いないそうだ。これは明瞭な事実だ。研究は特殊な世界だから、それを理解してくれる人がいいそうだ。人から聞いた話だけど」

恋人が欲しいという点を強調し、さらに話を少し盛っておいた。黒石の顔が、なぜか青黒く変色しつつあった。呼吸困難でチアノーゼ気味なのかもしれない。

彼の期待をこれ以上煽って脳出血でも併発させるとまずいので、頭を冷やさせようと話を戻した。

「酒を飲んで議論して、それで新しいテーマが見つかるかもって考えたおれが安易だったな。まずはいったん、それぞれで探してみよう。ただ今夜話してみて収穫はあった」

「何ですか」

「世界初にこだわるのは、もうやめだ」

相手の顔は見ないままで言った。「次に取り組む研究は、巨大な市場規模が見込めるテーマに絞ろう。できれば、軍用になりそうな素材を中心に」

「諦めるんですか、世界初？」

「ああ。これからは金になる研究を目指す」

グラスを空にして言った。自分が自分ではないような気がしてきて、不意に薄暗い心持ちになった。

9　ブラックハット

メディア発表の日が一ヵ月後に迫っていた。

最初の発表から数ヵ月が過ぎていたが、メディアに対して定期的に情報提供することで、日本と世界の耳目を集め、関心をつなぎ止めておくことは、将来的に考えても重要だった。

一條をはじめ数人が会議室に集められていた。ホワイトボードの前に立った、情報セキュリティ会社の担当者はこう切り出した。

「今回の標的型攻撃では御社の状況に合わせて作られた新型のマルウェアが使われていました。このような場合、過去のパターンを元に発見するウイルス対策ソフトは、ほとんど効果がありません」

手をあげて、四十代の総務課長が質問した。

「うちの社の状況に合わせて、ハッカーがわざわざウイルスを作ったという意味でしょうか」

「そうです、御社用のオリジナルです。ここ数年、このタイプのサイバー攻撃が増えているのは、成功率が極めて高いからといえるでしょう。ひと頃、善意の侵入者はホワイトハット・ハッカー、悪意の侵入者をブラックハット・ハッカーと言っていましたが、ここでは悪意も善意も含めてハッカーと呼ぶことにします。残念ながら彼らの技術力は高く、不正な侵入そのものを未然に、完璧に止めるのは不可能です」

静寂が部屋を支配した。握りこぶしを口に当てて正面を見据えていた片桐が言った。

「そうなると、うちのような研究開発に携わる会社では、全ての重要なデータをネットから切り離した完全独立のコンピュータに保存しなければならない、ということになりますか」

「もちろん、ネットに接続しない状態でデータを保存しておくのがベストかもしれません。しかし、社内外のメールのやりとりや、ウェブサイトの閲覧を一切禁止して業務を円滑にすすめるのは、現実的な話ではありませんよね」

一同が押し黙っているのも気にせず、担当者は話を戻した。「無線ＬＡＮ環境が整備されてきたことで、ハッキングの間口は広がってきています」

「それは、どういうことでしょう」

総務課長の質問は、一條の疑問と同じだった。

「ネット未接続のスマホやノートパソコンが、ハッキングされるケースが増えてきているんです」

一條は首をひねった。みんなも戸惑いの表情を浮かべている。

「厳密に言えば未接続ではないのですが、少なくとも使用者本人はそう思っていたはずです。公衆無線ＬＡＮスポットから、パソコンに装備されている無線ＬＡＮアプリケーションを通って侵入したんです。この場合は使用者が〈ワイファイを切る〉の設定にしていなかったため、ハッカーの侵入を許してしまったわけです」

部屋の中に静かなどよめきが広がった。それではもうどんな対策をとったところで、悪意あるハッカーからの攻撃を防ぐことなど不可能ではないのか。

「街中などでさまざまなワイファイが飛んでいることにお気づきになると思います。その中には鍵マークのない、つまり利用する上で認証の必要がないものもあって、これは野良ワイファイと呼ばれています。パスワードの設定でも自分の生年月日や容易に類推できるものにしたり、反応が遅くなるからとファイアウォールを切っていたりと、セキュリティを安易に考えている人のスマホやパソコンがこの通信電波に自動的につながってしまうと、ハッカーに狙われる危険性が高くなる。スマホそのものから直接情報を盗まれる、またはウイルスに感染させられるだけでなく、他をサイバー攻撃する際の踏み台として利用されることもあり得ます。テザリングは外出先でネットを使いたいときに、モバイル機器をワイファイのアクセスポイントとして利用する機能ですが、このパスワード認証を破る攻撃もありますから。総当たり攻撃と呼ばれる力ずくの暗号解読法で、辞書にあるすべての単語をパスワード認証欄に自動入力していくツールが使われます。一秒間に数万回の演算処理を行なえるコンピュータを使用すれば、甘いパスワードなら数十分単位で乗っ取られてしまうでしょう。いずれにしろ一度侵入を許せば、パソコンにバックドアといわれる隠れた出入口を作られてしまうため、ハッカーは好きなときに自由に侵入が可能になる。いわゆるゾンビコンピュータという状態です」

その後、サイバー攻撃を受けた際に被害を最小限に防ぎ、なるべく素早く復旧するためにすべきことの簡単な説明があった。一條はいますぐにでも、ロッカーに置いてあるスマホの設定を確認したい衝動に襲われた。周囲がざわつく中、片桐だけは微動だにしなかった。

「これは後学のためにも、私から皆さんにお尋ねしたいのですが、今回の不正アクセスでどうしても解せないことがあるんです」

対策会議での特別講習の最後にセキュリティ会社の担当者は言った。眉間に深い縦じわが寄り、不眠不休で対処した疲労感がただよっている。

「なぜこのハッカーは、御社のパソコンの脆弱性を警告するために、わざわざこんな手間のかかることをしたのか、ということなんです。不正アクセス禁止法では、善意悪意を問わず一年以下の懲役、または五十万円以下の罰金に処せられます。国外にすむハッカーで、法律のことを知らなかったのでしょうか」

外部から侵入した痕跡は、サーバにログとして残る。だからログは改竄《かいざん》されているケースが多いのだが、今回は消去されていた。ログを消去すれば、そこから追跡される危険はなくなるが、侵入の痕跡は残ってしまう。

「これほどの腕を持ったハッカーであれば、ログの改竄など簡単にできるはずなんです。それなのに、あえて消去することで記録を残している。どうも、ちぐはぐなんだ」

最後はひとり言のような呟きに変わっていた。

総務課長が何か言いかけて、それから片桐を見た。一條も他の参加者も全員が、片桐が何を語るのか固唾《かたず》をのんで見守っている。片桐は腕組みしていたが、それをほどくと背筋を真っすぐに伸ばして言った。

「それは、ここで僕らが考えても仕方のないことだと思います。これまで僕らはハッカーの対処まで頭が回っていませんでした。もちろん、会社としてはデータ管理を厳密にしてきたつもりですが、社員全員が、一人の漏れもなく徹底的に意識して、対策を講じていかないといけないと改めて考えさせられました。今度のことを肝に銘じます」

話し終えると片桐は口を真一文字に結んだ。決意の固さを表明しているかのようだ。いまの言葉は自分に向けられている気がして、これからはセキュリティ至上主義の研究者になると一條は心に誓った。ソフトやセキュリティ対策ソフトはすべて自動で最新バージョンに更新するよう設定し、面倒でもLAN回線をネット使用後に外そう。

担当者が言った。

「今度のハッカーの思惑は不明ですが、善意に解釈すれば事前に警告してくれたと受け取ることもできます。でもこれで油断させておいて、次の一手を打ってくる可能性も小さくはありません。何か異変があった場合は即座に当社へ、私に直接でも結構ですので、ご連絡ください」

彼が口にした警告は、残念ながらすぐに現実のものとなった。


事件から一週間ほど経ち、騒動も落ち着きかけたある日の夕刻のことだった。今夜は完徹かなと半ば覚悟して、机の上に広げた解析データを一條がチェックしていると、隣の席でパソコンに向かっていた松崎が誰にともなく呟いた。

「どうもおかしいな」

「どうした？」

「遺伝子合成データベースにつながらない」

一條が時計を見ると、四時を過ぎたところだった。

「夕方だからアクセスが集中してるだけなんじゃないか」

「だったらいいけど……まさかまた攻撃されてるんじゃないよな」

松崎の言葉にどきりとした。

「一條、試しにメールを送ってみてくれ」

言われた通り、件名をテストメールにして送ろうとしたが、〈メールが送信できません〉の表示になった。隣で松崎が、カチッカチッと受信アイコンのクリックを繰り返している。

「やばい、おれのメールも送信できない」

顔を見合わせた。と、松崎が席を立った。

「どこへ行くんだ?」

松崎が振り向いて言った。

「兆候らしきものがあった場合は、躊躇なく報告。この間のレクチャーでも言われただろ。総務へ行ってくるから、一條はネット検索をつづけてみてくれ」

うなずき、彼の後ろ姿を見送ってから、一條はパソコンに向かった。得体の知れない不安が、一気にのど元までせり上がってきていた。

会社のサーバがダウンしたと知らされたのは、その直後のことだった。

会社は即刻セキュリティ会社へ連絡を入れるとともに、一斉配信メールも使用できなくなったため社内放送が流れた。サイバー攻撃を受けている可能性があるため、各自パソコンを対策マニュアル通りに操作するよう指示が出たのだ。

一報を受けてすぐに駆けつけてくれた担当者が、被害状況を確認して告げた。

「今回のものは、ＤＤｏＳと呼ばれる攻撃だと思われます。世界中にある大量のボット、ボットネットとも言いますが、ハッカーが支配下に置いた数十万台のパソコンから、大量のデータを送り付けてサーバの機能を奪う手法です。攻撃としては単純なんですが、単純なだけに完全に防御するのは難しい厄介なやり口です」

会議室には代表の片桐と、数人がいるだけだった。珍しく焦ったような青ざめた表情で片桐が言った。

「当社がまた、サイバー攻撃を受けたと」

「確かにこれもサイバー攻撃の一種ではありますが、前回のときとは違って、この手法は手の込んだ嫌がらせみたいなものです。普通は一般顧客向けの業務を遂行する会社、わかりやすい例だと、ネット通販の会社などが攻撃されるケースが多いんですが」

「顧客がアクセスできない状況がつづけば、その分だけ巨額の損失というダメージを与えることができる」

片桐の言葉に、担当者がうなずく。

「ですから、ハッカーの立場に立って考えてみれば、御社のように極めて重要度の高いデータを扱っている会社を狙うのであれば、侵入して情報を盗み出すほうがメリットが大きいはずなんですが」

担当者の説明では、この攻撃は多くの場合、数十万台ものボット・パソコンが使われる。攻撃を受けた企業がアクセス解析し、攻撃相手に辿り着いてみると、ごく普通の企業で普通に使われているパソコンだった、というケースが多いらしい。また、ＤＤｏＳ攻撃は厳密には不正アクセス行為に当たらないため、法律的には電子計算機損壊等業務妨害罪、或いは、偽計業務妨害罪に該当するだけだという。

「今回の攻撃は、前回のハッカーと同一人物ですか？　それとも無関係な相手？」

深刻な面持ちで片桐が訊くと、担当者はあごの先をつまんで考えこんだ。

「現時点ではそこまでの判断は難しいです。前回の侵入ではログが消されていたので追跡できなかったし、今回は当然ボットPCを利用しての攻撃だと思いますから、攻撃者の特定は難しいと思われます。でも、不正侵入は許していないはずです」

「それは、セキュリティ対策を強化したから？」

「それはあり得ます。ですが、そのきっかけとなったのは前回のハッカーの警告です。あのとき脆弱性を指摘されたからこそ、我々は短時間で対処できたわけなので」

情報セキュリティ会社の指示で、異常が発生した当初から社内の全パソコンのインターネット接続ケーブルを即座に外したこともあり、六時間ほどでサーバを復旧させることができた。

「二度あることは三度あるとも言いますから、今後も攻撃が続くとしたらどんなものが想定できますか」

片桐の質問に、担当者はしかめっ面で答える。

「想定は難しいですがF5アタックは考えられます。ウィンドウズで動くブラウザはF5が更新機能である場合が多いので、このボタンを連打されるたびにウェブサーバは更新動作をしてしまう。ネットが使えなくなる点ではDDoSと似ています」

片桐は握った両手にあごをのせて、何ごとかを真剣に考えていた。担当者がつづけて言った。

「サイバー攻撃による損失額の算定というのは、非常に難しいとされていますが、一説には日本企業がこうむる損失は、年間で一千億円とのデータもあります。それが引き金となって倒産した企業も、それなりの数にのぼっています」

一條は反射的に生唾《なまつば》を飲みこんだ。そんな現実など、これまでまるで知らなかった。一條は罪悪感に駆られ、立ち上がって片桐の席に近づいてから、深々と頭を下げた。

「本当に申し訳ありません。僕が、自分のパソコン管理をしっかりやらなかったために」

「頭を上げてくれ。一條のせいなんかじゃない。それに、今回の事件は会社が狙われたのであって、きみのせいでも、きみのパソコンのせいでもない」

「でも……」

「一條も、僕も、この会社も、何ひとつ悪いことなんてしていない。それどころか、世界を変えるために、必死で研究に取り組んできたんじゃないか」

自分たちをここまで追いつめる相手とは、いったい何者で、何が目的なのだと一條は思った。

「とにかくいまは、この最大の危機を絶対に乗り越えよう。そのためだったら、僕は何だってやる。作戦を考えるんだ」

片桐は自分自身を説得するように言うと、立ち上がって一條の肩をやさしくぽんぽんと叩いた。

今後の対応を検討していた会議室のドアがノックされた。入ってきたのは二十代の社員で、ノート型パソコンを持っていた。顔が青ざめているのが、遠目からもわかる。

「どうした？」

総務課長が訊くと、彼は答えた。

「あの、こんなメールが届いたんですけど」

パソコンを机に置く手がかすかに震えている。

〈我々はニャンドゥティ
本日のＤＤｏＳ攻撃は我々からのプレゼントだ
蜘蛛糸の人工合成と量産化のキーとなっているデータを渡せ
Ｅ－メガと同じく賢い選択をするのがベストだ
この要求を受け入れない場合、または警察に知らせた場合
貴社はまた我々からのプレゼントを受けとることになるだろう
何ヵ月間も仕事を進めることはできなくなり
最悪の場合全データが破壊されることになる
ニャンドゥティ　〝ユーリー〟〉

ディスプレイをのぞき込んでいた全員が息を呑んだ。ことりとでも音を立てれば、すぐに攻撃が開始されるのではないか、そんな緊迫感に皆が包まれた。

二度の攻撃は、やはり同じハッカーグループの人間たちによるものだったのだ。

「このユーリーというのは、名前？」

「おそらくそうでしょう」

課長の問いに答えた担当者がつづける。「ハンドルネームだと思いますが、ユーリーというのはロシア周辺の、スラブ語圏に多い男性名です。いわゆる旧東欧諸国は、クレジットカードや個

人情報を盗んで金にするハッカーの詐欺事案が多くて、ひと頃、このエリアからの不正アクセスが集中したことがあったので、記憶に残っています」

「よりによって、この大事な時期に」

片桐が言った。これほど切羽詰まっている状況だというのに、どこか淡々としているようにも見える。

「御社の場合はサイトがまた攻撃を受けたとしても、メールやサイトの閲覧は円滑にできなくなるものの、研究開発業務そのものが即座に停止してしまう、というわけではないと思います」

「それはそうですが、やはり仕事の進捗《しんちょく》に支障が出ます」

「サイバー攻撃を受けた場合に要求を呑んではいけない、それが情報セキュリティにおける基本ルールです。ＤＤｏＳというのは永遠に続くことはないですし、何より、データを渡したところで、相手が攻撃をやめるという保証もありません。それに全データを破壊するといっても、独立した場所にあるデータを壊すのは無理ですから、その部分はきっと脅しでしょう。ですから……」

片桐が片手をあげて担当者を制し、総務課長を会議室の外へ連れ出した。残された者たちは、何をすればいいのかわからないまま、じりじりとした時間を過ごした。一條はどうにも気持ちが落ち着かず、ペットボトルのお茶をひと口飲んだ。けれどすぐに口が渇いてまたひと口飲むという動作をくり返した。

数分してから戻ってきたのは片桐一人で、課長の姿はなかった。

片桐は、担当者に向かって言った。

「一つだけ確認しておきたいことがあります。当社の最も重要なデータは、ネットから独立したシステム内に格納されているのですが、それが盗まれる可能性はありますか？」

しばし考え、担当者が答える。

「その重要データを相手が要求しているということは、少なくともそちらのシステムへは侵入できなかったのだと推測できます。多分、大丈夫ではないでしょうか」

「多分では駄目なんです。可能性がゼロかどうか、どうしても伺いたい」

「一度、そのシステムの状況と環境を確認させていただいてからの話ですが、社員の方が、故意にデータを持ち出す可能性をゼロと見積もって、格納しているシステムが完全にネットから独立しているのであれば、限りなくゼロに近いとは言えます。ですが我々の立場としては、可能性が完全にゼロとは断言できないのです。申し訳ないのですが」

小さく一回うなずいてから、片桐は驚くべきことを口にした。

「データを渡しましょう」

その場にいた全員が、瞬間冷凍された。その中でただ一人、片桐の目だけが異様に輝いていた。しばしの間が空き、全員を見渡してから片桐はゆっくりとした口調で言った。

「大げさな言い方をすれば、いまは一分、一秒でも無駄な時間は使いたくない。それほど、いま当社は重要な局面にさしかかっていて、しかもマスコミに発表する素材の洗い出しが遅れています。状況的に、非常に追いつめられているんです。考え得るあらゆる選択肢を吟味した結果、これが最善の方法と判断しました」

「しかし、それにしたって……」

「僕は、ブラックハットには負けない」

片桐は顔を紅潮させ、唇を強く結ぶ。担当者が申し訳なさそうに言った。

「気持ちはわかりますが、サイバー空間では防御する側より攻撃する側の方が優位にある。残念ですけどそれが現状です」

「データを渡しても解析には時間がかかる。自分たちが作ったデータなんだから、いまさら後追いされても自分たちのほうが早いはずだ。この決断が間違っていた場合、自分が全責任を取る覚悟はあります。ですから、どうか言う通りにしてもらえませんか。僕自身の人生で、最初で最後の大きな賭け、ギャンブルです」

冷静さを取り戻した様子の片桐が静かに言った。

「それで、課長は何と？」

「書類を確認して精査してみる必要はあるが、決断は尊重する。そう言ってくれました」

「書類というのは、何の書類でしょう」

「特許に関するものですが、残念ながら、これ以上はお話しできません」

出口の見えないような黒く重苦しい空気が、白く清潔な室内に立ちこめていた。データは渡しても研究開発のスピードで勝てばいい。一條はさっきの片桐の言葉にやってやるという高揚感を覚える一方で、姿の見えない敵に本当に勝てるのかという危惧をぬぐい去れなかった。

八年前　四ノ宮灯

タンパク質分析に使う試料が切れていることに気がついたのは、夜の十時を過ぎた頃だった。消耗備品のチェックは日々野の担当なので、自分自身のミスである。今夜中にこの実験を仕込んでおけば、反応条件は五十℃で十二時間だから、明日の昼前にちょうど結果が出ている計算になるため、ぜひ済ませておきたかった。

申し訳ないとは思ったが、ここは〈コンビニ四ノ宮〉にすがりつくしかないと考え、電話してみた。灯はいつもの明るい調子で、「在庫があるので十二時前にはお届けできます」と言った。ついでに実験器具の清掃などに使うキムワイプも十箱注文してから、助かりますと告げて電話を切った。試料が届き次第すぐに実験できるように準備をはじめた。

今夜は珍しく研究室にいるのは日々野ひとりだけで、他のみんなは九時過ぎには帰ってしまっていた。予定時刻より早く灯が到着し、早速培養器に試料をセットし終えるとまだ十二時前だった。

「灯さん、助かりました。もう少し時間が早ければ夕食でも奢《おご》ったんだけど」

「あら、奢ってもらえるのなら夜食でも構いませんけど」

夜食は太るよと軽口を叩きかけて、ぽっちゃり気味の彼女にはしゃれにならないと気づいた。

「もしかして夕食もまだとか?」

電話を受けたのが外回りを終わった帰宅中だったそうで、それならということで何か軽く食べていこうという話になった。ホットサンドイッチがおいしいと評判だという駅に近い店に行き、お勧めを二人分注文して奥の席に座った。何人かで酒を飲みにいったことはあったものの二人だけの食事は初めてで、互いに照れもあってはす向かいに腰かけた。

「いつも無理なお願いに応えてもらってすみません。ほんと、おれだけじゃなくてみんな助かってます、コンビニ四ノ宮のおかげで……あ」

「もしかしてそれ、私のこと?」

仲間内だけでの呼び名が、思わず口をついて出た。日々野たちにとっては愛称や尊称のつもりでも、彼女が嫌がるかもしれないと思い面と向かって言ったことはなかった。

「なんか、うれしい」

そう呟くとチーズ入りのホットサンドの端にかじりつく。きまりが悪くなって日々野も食べながら話題を変えた。実験の失敗談を話している間中、にこにこしながら聞いていた灯だったが、なぜか突然下を向いたかと思うと、肩を小刻みに震わせはじめた。

日々野は動揺した。やはりさっきのことで彼女を傷つけてしまったのかもしれない。もそもそと謝罪の言葉を告げると、灯はうつむいたまま頭を左右に振った。テーブルに涙が数滴落ちた。女を泣かせる悪い男と思われているのではないかと落ち着かない気分でいると、彼女は涙をぬぐって顔を上げた。

「ごめんなさい、急に泣いたりしてびっくりさせましたよね。でも、ありがとう」

「あ、いや、かたじけない」

しどろもどろで意味不明の返事をしていると、灯は笑顔になった。

「日々野さん、片桐さん、そしてゆりちゃんたちが昼も夜もなく研究に打ち込んでる姿を見てると、自分がそうだった頃のことを思い出してきて、ときどき感傷的な気持ちになることがある。自分にもこんな時代があったんだっていう懐かしい気持ちと、あとは、ちょっとだけうらやましいような切ないような気持ち」

彼女は大学院に進みたかったけれど、その願いは叶わなかった。できれば研究の道に進み、肌や体に負担がかからない化粧品開発の仕事をしたかったのだが、院生はアルバイトなんてできないし、そうなればさらに長い年数両親に経済的な負担を強いることになってしまう。

決して裕福とはいえない実家に自分のその希望を告げるのが心苦しく、結局大学院進学と研究者への道は潰《つい》えてしまった。

「それでも、学んだ知識が少しは生かせるかなって思って理化学機器を扱ういまの会社に入ったつもりだった。けど、みんなと知り合って気づかされたの。本心では、私が憧れていた世界と少しでもいいから関わっていたかったのかなって。研究の現場のそばにいたかったのかもしれません」

この状況でどんな言葉をかけてあげることが最善の解になるのか、日々野には見当もつかなかったから黙っていた。

「本当にごめんなさい、湿っぽい話になっちゃって。でもさっき、コンビニ四ノ宮っていう言葉を聞いたとき、ああこんな私でもみんなの役に少しは立ててるんだって、必要としてくれてる人がいるんだって、自分はこの仕事をしていてもいいんだって、社会に出てから初めて感じることができた気がする。だから、ありがとう」

そう言って深々と頭を下げる。「どういたしまして」という間が抜けていることこの上ない返答とともに、日々野も一礼した。

ごめんねと、灯はようやく友だち言葉で言うと、最後にこう告げた。

「いまの話、みんなには内緒にしてて。お願い」

頬がほんのり染まっている。日々野は二度三度とうなずきながら、鼓動が激しくなるのを感じていた。これはもしかして、二人だけの秘密というやつではないだろうか？

この夜、日々野は恋に落ちた。

10　隠し事

「例のサイバー攻撃の件だけどな、Ｅ－メガ以外の通販サイトにもそのハッカー集団がつづけざまに攻撃を仕掛けたらしいって噂が飛び交ってる」

東海林が言った。広瀬はモヒートをひと口飲んで言った。近頃、こいつと酒を飲み過ぎだ。

「ニャンなんとかいうハッカーたちか。おれも調べてみたんだがわからなかったよ」

「ニャンドゥティというらしいな」

「それは何語だ」

「ネットでざっと調べただけだが、レース編み物の画像がいっぱい出てきた。ニャンドゥティというのは、どうも南米のパラグアイにいる先住民が手作りしてる、伝統的なレース編み物の名前みたいだ」

東海林は自分のスマホを取り出すと、検索したらしきページを見せた。確かに、色鮮やかなレースの写真がたくさん並んでいる。ふうん、と言って広瀬はもうひと口飲んだ。

フレッシュミントの葉が口にへばりついたので、口に入れて嚙むと、爽快な香りが鼻腔《びこう》に抜けていった。しかし頭の中は、いっこうにクリアにならない。

「どうしてハッカーたちが、レース編み物を集団の名前にするんだ」

「さあ。でもハッカーたちが名前をつけるのには、それほど大層な意味づけをしたりしないって、ものの本には書いてあったな。データ流出だの、クレジットカード悪用だのをするような悪党ハッカーたちは、自分のハンドルネームをいくつも持ってて使い分けてるそうだよ。目立たないように、わざとありふれた名前を付けるケースも多いみたいだ」

「もしかするとそのリーダー、パラグアイにいる人物なのか」

「それはおれも考えてみたが」

東海林はウォッカ・トニックをちびりと舐め、ピスタチオの殻を剝きはじめる。今夜この店ではウォッカ縛りと決めてあったから、広瀬のモヒートもウォッカベースである。その昔、モヒートにはバカルディラムを使用すべしという条例まであったというから、クラシックスタイルとしては邪道だ。

「そもそもハッカーは自分たちの身元がばれるのを極端に恐れてるわけだから、わざわざ自分のいる国とわかるような名前は付けないいんじゃないのか。例えば〈サムライ〉なんてハンドルネームだったとしたら、日本人じゃない可能性のほうが高いと思うけどな」

そう言われればそんな気もした。グラスが空になった。同じものを注文してから、するめにかじりつく。このバーはするめを火で炙《あぶ》ってくれる。これがまたウイスキーなどには合って、特に煙くさいモルトウイスキーと相性がいい。広瀬は考えていたことを告げた。

「前に話したサイバー攻撃に関する記事だけど、大きな記事としてまとめられないかと考えてる。ただ、どう見てもおれより東海林の情報収集力のほうが高そうだ。二人で手を組んで特集記事にしてみないか」

「記事の核になりそうなネタが見つけられるかどうか、それ次第だな。まあ、情報収集はやっておくよ」

しばらく黙々と、酒と肴《さかな》を交互に口へ運んだ。バーの良さは、沈黙が苦にならないところにある。居酒屋やレストランだとこうはいかない。仕事を終えて深夜になると、たまに誘い合ってこの店へ来ることがあった。これ以上ないというほどライトが暗いのが、気に入っている。

「いいことを思いついたぞ」

ふいに東海林が言い、こちらに向き直った。

「共同で特集記事に取り組むための条件がある。奥さんの疑惑に結着を付けろ」

「またその話か。それとこれとは無関係だろう、もううんざりだ」

すると東海林は、大学時代の友人だという男のエピソードを淡々と語りはじめた。彼ら夫婦は長い間、仲睦まじいと評判だったのだが、あるとき唐突に、奥さんが離婚してほしいと切り出した。聞けば、好きな男ができてそっちと第二の人生を歩みたいといい、準備良く判を押した離婚届まで用意されていたという。

「後でよくよく思い返してみたら、別れ話が出る半年ほど前からだったそうだ」

「何が」

「ほら、なんだ、その」

言いにくそうにつづける。

「奥さんの夜遊びが。もっともやつは、夜遊びだとは夢にも思ってなかった。昔仲の良かった女友達が近所に引っ越してきたから、そこへちょくちょく出かけているっていう彼女の自己申告を、鵜呑みにしてたらしい」

「で、どうなった？」

東海林は酒をひと口含むと、ゆっくりと口内をゆすぐようにしてから、ごくりと飲み干し、充分にためてから宣告した。

「別れた」

広瀬も充分に間をとってから答えた。

「彼女が夜の観察に出かけるようになったのは、結婚してからすぐのことだ。半年や一年前からじゃない」

「考え方によっては、もっとやばいかもしれないだろう」

「だから、どうしてそうなる。彼女はそういうタイプじゃない」

情けないことに、自分でも紋切り型の言い草だとわかっていた。

「蜘蛛が好きで、調べるのが好きで、その蜘蛛は夜行性が多いから、必然的に夜に行動するしかないんだ。ほらみろ、ちゃんと筋道は通ってる」

「タイプとか筋道とか、そういう問題じゃないと思うぞ。筋道が通っているのは、お前の奥さんが理系で理詰めで考えるのが難しくないからじゃないのか」

少しばかりかちんときた。グラスをカウンターにどんと置いた。

「彼女が自分の浮気を隠すために、論理的に計画的におれを騙《だま》してるって、そう言いたいのか」

「勘違いしないでくれ。おれが言ってるのは、可能性ぐらいは考えておいたほうがいいぞっていいう、忠告だ。そんなに面倒なことじゃないはずだ。夫婦として、一度きちんと向き合って話し合え。誤解だったら謝罪して、一緒に特集記事に全力で取り組もうじゃないか」

「誤解したことを謝罪するのは、おれじゃなくてお前のほうだけどな。おれの話はいいとして、そういう東海林はどうなんだよ」

「おれは、自他ともに認める恐妻家だ。当然、いつも妻に強い興味・関心をもって臨んでる。子どもができてからは特にそうだ。常に神経を張り詰めて気をつけていないと、いつどこで地雷を踏んじまうかわからない」

苦笑いを返しながら、確かにやつの言うことにも一理あると考えていた。夫婦二人暮らしは気楽ではあるものの、家族の紐帯《ちゅうたい》となるものがなかなか見つけられずにいるのも事実だ。

本当の本音のところで妻のことを理解できているかといわれれば、情けないが、首を傾げざるを得ない。やつのお節介も、自分たち夫婦を心配してくれてのことなのだろう。

「おれは真澄が好きだ。そして彼女だっておれが好きだ。たぶんな。互いに尊重してるから、なるべく干渉し合わないように気をつけているだけだ。だが、この話を持ち出されるのは金輪際ごめんだから、一度話はしてみる」

「お前の態度は、干渉し合わないようにとかいうのとは、少しばかり違う気がするが。それはそうと広瀬、前にこの話になったときに聞き捨てならないことを言わなかったか？　チャンスさえあれば、あわよくば浮気がどうとか」

「忘れた」

物覚えのいい相手に弱みを見せるのは危険だと考えていると、東海林は広瀬の人格的な問題に話を戻した。この状態を世間一般では、絡まれていると呼ぶのだろうと自覚しつつ、それからしばらくくだを巻かれつづけた。

地下鉄に乗っている間に、どんどん酔いがさめてきた。旭ヶ丘駅を出て街路灯に照らされた坂道を上っているうちに、疑心暗鬼に似た感情はますます膨らんでいって、自宅に着く頃にはピークに達していた。

リビングには、いつものようにスモールランプが灯っていて、今宵も妻の姿はなかった。帰宅したときに彼女がいないのは別に変わったことではなく、ごく当たり前の状態になっている。いったんはソファーに腰をおろしたものの、考えているうちに居ても立ってもいられなくなり、広瀬は一つひとつの部屋の明かりをつけては、彼女の不在を確認しはじめた。

自分の心に正直になって考えれば、彼に言われるまでまるで気づかなかった、というわけではなかった。結婚して二人で暮らしはじめて少したった頃から、何かおかしいと薄々感じてはいたのだ。真澄はそれほどしゃべるたちではない。蜘蛛のことなど、ピンポイントでつぼにはまれば止めどなくなるものの、いまどきの三十代女性にしては寡黙といっていいぐらいだ。

広瀬は広瀬で、新聞記者という仕事柄なのか、相手が話す内容にこちらがさも興味を抱いていると感じさせるのが巧みといえた。夫婦という関係において、それはやさしさのひとつの表現でもあると考えていたところもある。

気がつけば、リビングからキッチン、ユーティリティーを抜けて寝室、果ては風呂場まで明かりのスイッチをつけたり消したりして、うろうろ歩き回っていた。歩き回っていないと、とんでもないことを想像したりわめいたりしてしまいそうだ。

真澄はもう帰ってこないのではないか？　彼女の夜の外出には隠された秘密があるのでは？　そんな考えが、ちらちらと脳裏に明滅する。だめだ。すっかり東海林に洗脳されつつある。よからぬ妄想を振り落とそうと、頭を強く振ったとき、何かが意識の表面を撫でた。

何だ？　些細なものが気になっているという自覚だけはあるものの、それが何かがわからない。せき立てられるような気分になっているのに、その正体は逆に、猛スピードで意識の底へと沈んでいく。

いったん気持ちを落ち着けようと、リビングに戻って飲み直すことにした。冷蔵庫から既製品のモヒートを取り出し、グラスに半分ほど注ぎ、炭酸水で割ってから、ひと息に半分ほど飲んだ。ミントの香りが鼻に抜けたとき、不意にバーで見せられたスマホの画像がフラッシュバックした。

ユーティリティーへ行き、照明をつけた次の瞬間、広瀬は息をのんだ。

この小さな空間は真澄が裁縫《さいほう》や考えごとなど、ちょっとした用事をするためのスペースだった。広瀬はたまに通りすぎる程度で、ここでじっくり時間を過ごすことはない。

急いでスマホを取り出し、検索バーに〈ニャンドゥティ〉と入れる。さっきと同じく、たくさんの検索結果が出てきた。その一つ、色合いが似たものを拡大して、目の前の壁に掛けられたレースの編み物に近づけ、比べてみた。

似ている。いかにも南米らしい鮮やかな色合いもそうだが、編み方の形状そのものも、デザインもそっくりだ。最初は画像にばかり目を奪われていたのだったが、ふと視線が記事の本文を捉えた。

一つの見出しをタップすると、次のように書かれていた。

〈ニャンドゥティは、南米パラグアイの伝統的な手工芸品として知られる繊細なレース編み物。ニャンドゥティとは現地の言葉で、『蜘蛛の巣』を意味しています〉

思考が停止した。偶然と片づけるには、あまりに奇妙な符合だった。それからまた、まじまじとレースの編み物に目をやる。言われてみれば、小さな蜘蛛の巣がいくつもつながった形のようにも見える。

さらに調べていくと、意外な事実がわかった。ニャンドゥティは現地語で『蜘蛛の巣』を意味しているというだけでなく、実際パラグアイにニャンドゥという蜘蛛が棲息《せいそく》している。そう書かれていたのだ。

実在する蜘蛛の名前。

壁のレースに目をやる。近づいてみればけっして新しいものではない。案外年数が経過しているらしく、退色しているのがわかる。きっと独身時代から大事にしていて、結婚してこの家に暮らすようになってからも、ずっと飾ってあったに違いない。

以前からここにあったのだから、広瀬も間違いなく目にしていたにもかかわらず、店で東海林から写真を見せられても、これが同じものだとは気づかなかった。

リビングに戻り、もう一杯酒をつくってからソファーに腰かけた。しばらく考えごとをし、それからスマホを取り出して〈話したいことがある。いつ戻ってくる?〉と真澄にメールを送った。

彼女がうたたねしていなければ、いつもならば十分とおかずに返信がくるのだが、今日はなかなか返ってこなかった。

自宅パソコンのメールチェックをしていなかったことに気づいて、リビングの隅に置いてある机へ移動し、起動ボタンを押した。パソコンが立ち上がるのを待つ間に、また酒をつくった。

アルコール依存症の一歩手前じゃないか。自分に向かってそう問いかけ、本棚のガラスに映り込んだ自分を見る。ぱっとしないその男は苦笑いを浮かべていた。

パソコンの前に戻りメールソフトを立ち上げると、六、七通のメールが届いていた。このパソコンは私的な用事にも仕事の連絡にも使っているので、平均すれば毎日十通前後が届く。時間の早い順に開封していくと、珍しく迷惑メールボックスに一通のメールが届いていた。ひと頃、迷惑メールの数がもの凄いことになった時期があった。契約しているプロバイダの設定をして、その手のメールの類いをブロックするサービスを使うようになってからは激減していた。

気になりながらも一通り通常のメールに目を通し、急ぐものだけ返信した。迷惑メールボックスをクリックすると、いかにも感染しそうな茶色の表示を久しぶりに見たなと思いつつ、差出人を見て首をひねった。

〈Ñandutí Lurii〉

日本語ではない。英語とも違う。語学に堪能ではない自分が考えてもしょうがないと思い直し、〈Ñandutí〉を検索バーにコピー&ペーストして、リターンキーを押す。

画面が出た瞬間、広瀬は凍りついた。

さっきまで見ていた画像、あのニャンドゥティの写真が、検索結果の一番上に表示されている。まるで自分が何者かに監視されているか、または見えざる手で操られているような錯覚に陥った。だが、これは一体どういうことだろう。

たらふく飲んでいるというのに、酔いはほとんどさめていた。

今度は、二番目の単語の綴りを入力し、検索してみる。外国語のサイトがたくさん出てくるものの、よくわからない。〈Ｌｕｒｉｉ　読み〉と入力してリターンキーを押してみる。同じ綴りの検索候補が並び、いくつかクリックしていくうちに、こちらは人の名前らしいことがわかった。

つまりこのメールは、ハッカー集団【ニャンドゥティ】の、〈Ｌｕｒｉｉ〉という人物から送られてきたものではないのか。

なぜハッカーが自分に連絡を？　と、そのとき突然ある可能性に気がついた。このパソコンは、すでに悪意あるウイルスに感染していて、ハッカーによって操られているのではないか。

そうなのだとしたら相当まずい。取材相手のメールアドレスや、通販サイトで使用したクレジットカードの番号、流出してしまったら大ごとになるそんな情報がたくさん入っている。

こんなときにどう対処するべきなのか、パソコンにもネットにもハッキングにも疎い広瀬には、何ひとつ対応策が思い浮かばない。

このメールにはどんなメッセージが記されているのだろう。迷惑メールを開封するなど、やってはいけない。それぐらいの常識はある。絶対にやめておけ。

もう一人の自分はそう叫んでいるのに、強烈な好奇心に掻き立てられていた。心のすみに、特集記事のネタに使えるかもしれないという下心も潜んでいた。サイバー攻撃の現場と、被害者の心理をリアルに書けるかもしれない。

抗《あらが》い難《がた》いパンドラの箱の魔力に引き寄せられ、指がクリックボタンを押してしまった。

つばを飲み込む音が体内に響き、次の瞬間、メールが開封された。

〈スクープはあなたに提供される
指定の場所が来られるように時間は
6／28　00：00
それが来ない時、お前の後悔はやってくる
Ｌｕｒｉｉ〉

地図サイトのアドレスが添付してあったので、毒を食らわば皿までの心境で、えいやとクリックする。指定されていた地図の場所は、仙台市内のホテルだった。指定日まで五日ある。

場所を確認してから、再度文面をじっくり読み直す。おかしな日本語だった。片言しか話せない人間が、どうにかこうにか単語をつなげて書いている感じがする。

悶々と堂々巡りをくり返していると、朝方になってようやく真澄から返信がきた。

〈私はずっと、あなたを裏切っていました。だから今夜は帰れません。ごめんなさい。助けて。

真澄〉

胸を錐《きり》で貫かれるような痛みを感じた。予想もしていなかった衝撃と睡眠不足とが重なって、頭と心は白濁したまま、何ひとつ考えられない。

その日から連絡は途絶え、彼女が家に帰ってくることはなかった。

11　スクープ

真澄にその後何度もメールしたが返信は一度もなく、スマホに電話を入れても、電源が入っていないと告げられるばかりだった。彼女の実家や友人に連絡をとろうかとも考えたが、大ごとにすると彼女が戻ってきづらくなるのではという恐怖心から、結局やめた。

朝起きると朝食もとらずに出勤し、その分多めの昼食をとってしまい、午後の仕事でさっぱり脳が働かず、細かなミスが重なる。そして夜はまっすぐ自宅へ帰り、今日こそは妻が帰ってきているかもしれないという期待を裏切られ、ろくに夕食も食べずに酒浸り――。

そんな自堕落な毎日を繰り返した。広瀬はもう何十回何百回となく、真澄の言葉について考えていた。

私はずっと、あなたを裏切っていました。

この一文の印象をそのまま受け取れば、浮気を考えざるを得ない。

重く沈みがちな気分を少しでも晴らせないかと、浮気以外の可能性も無理やり考えてみる。鍵となるのは、裏切っていたという言葉だ。「妻が夫を裏切る」というケースにおいて、他にどんなパターンが考えられるだろうか。

男性が座っていた。

もしかしてあの男なのか？　ダークスーツのジャケットを脱いでソファーの袖に掛け、腕まくりしたシャツからは太い二の腕がのぞいていた。反射的に、力ずくで何かしてこられたらとても敵《かな》わないと考え、同時に、まさかホテルマンがいる前でそんな暴挙に出るわけがないと、びびりそうになる自分をなだめた。

五分前になったとき、白人男性が急に立ち上がり、辺りをきょろきょろ見回しはじめた。手のひらに浮かんできた汗を、潰すように握りしめる。

ついに来るのか？　広瀬も何気なさをよそおいつつ、白人男性に顔を向けた。

目が合った。

次の瞬間、相手の男はまるで関心なさそうに別のほうへと視線を投げた。そのとき、ハーイと女の声がして、広瀬と白人男性の目が同時にそちらへ向けられた。早足で駆け寄った男は女性を抱きしめると、二言三言言葉を交わし合ってから、寄り添うように二人でロビーから出ていった。

知らず知らず詰めていた息をふうっと吐き出し、もう一度ロビーに掛けられた大時計を見上げた。そのとき長針が短針と重なり、午前零時ちょうどを示した。

かつがれたかな。なかば安堵するような気持ちでそう考えた。

と、どこかで電話が鳴った。受話器を取った受付係の男性が、こちらを一瞥すると二度、三度とうなずいた。カウンターを回って広瀬のほうに歩み寄ってくると、こう尋ねた。

「広瀬さまでしょうか？」

突然のことに戸惑いつつも、そうですがと答えると彼は告げた。

「お客さまが、お部屋でお待ちとのことです」

「部屋?」

平静を失いそうになる。そしてそれから、ゆっくりと事態を理解した。部屋を取っていたのか。さすがに計画的なやつだ。

番号を教えてもらい、お部屋までご案内しましょうかと言われ、しばし迷った。もちろん万一の危険を考えてのことだったが、ここまで来たのだしこれも特ダネのためだと言い聞かせて、「いえ、大丈夫です」と答えた。

エレベーターに乗り、停止階のボタンを押すとドアが閉まった。滑らかに上昇するエレベーターの中で心臓の鼓動まで聞こえてきたが、落ち着けと自分をなだめる。

ドアが開き、しんとした廊下に出た。右に向かって歩きはじめ、部屋番号を確かめながら進んでいく。指定されたのは一番端の部屋、一三一一号室。

部屋の前で耳を澄ませて様子を窺ったが、室内からは物音ひとつ聞こえない。速く浅くなりがちな呼吸を抑えつつ、いったん息を整えてから、ワインレッドの分厚いドアをノックした。数秒後、ドアの向こう側からロックを外す、かちりという音が聞こえた。相手が開けるものだとばかり思い、十秒ほど待ったが、気配がないのでノブに手をかけてドアを開けた。

短い通路を奥へ進むと、小さな二人掛けのソファーに人がいた。背中をこちらに向けている。

女だった。

女?

広瀬はその場に立ちすくんだ。

まさか。

女が立ち上がり、ゆっくりと振り返った。

そこにいたのは、妻の真澄だった。

「私が、ニャンドゥティのユーリーです」

まばたきも、呼吸も、思考回路も、広瀬の全てが停止した。

「これから、全てのことをお話しします」

広瀬は彼女に向けて片手をあげた。

「よかった」

真意を測りかねるというように彼女が「よかった？」と訊き返す。

「無事でよかった」

久しぶりに見る妻はすっかり面やつれしていて、広瀬は目頭が熱くなるのを感じた。何はともあれ彼女は目の前にいる、ただその事実に感謝したくなった。真澄が強ばった顔で言った。

「現実離れしていますか」

「あえて言葉にするとしたら、そんな感じが近い」

「ごめんなさい、本当に。順を追って、ちゃんとあなたにも理解できるように説明するつもり。でも、これまで私がしてきたことを知ったら、あなたはきっとびっくりして、びっくりしすぎて、そして最後には私を軽蔑すると思うと恐ろしくて。だからいままでも何度か打ち明けてしまおうと考えたけど、どうしても言い出せませんでした」

そして彼女はまた、ごめんなさいと消え入るような声でくり返す。広瀬は自分の心の底からゆっくりと浮上してくるものに目を向けた。

本当は頭の片隅でその可能性を考えていたのだ。真澄が好きな蜘蛛、ハッカー集団ニャンドゥティの名前、そして部屋に飾られていたレース――メールを送ってきたのは彼女で、もしかするとハッカーの〈Ｌｕｒｉｉ〉ではないのかということを。

「確認させてほしい。きみはハッカー、そういうことなのか」

彼女は、こくりとうなずいた。

自分の中で妄想の断片に過ぎなかったものが、突然目の前でかちりと組み合わさって現実になった瞬間だった。

「スクープとメールに書いてあったのは、君自身のことだったんだね」

うなだれるように、もう一度うなずく。憔悴しきっているのがはっきりと見て取れた。

頬はくぼみ、目の下に濃いくまができている。ただでさえ細身だった体つきがいっそう痩せて、痛々しい。

もう大丈夫、心配ない。そう言って抱きしめてやりたい衝動に駆られたが、そんなうわべの優しさは、何の慰めにもならないだろう。

立ったままの広瀬に、真澄は腰をおろすように促してから、こう言った。

「これだけは信じてください。私は確かにハッカーです。けれどもこれまでハッキングで金銭を得たことはないし、情報を盗み出したり漏洩させたこともありません。本当です」

言い訳がましさはなく、どこか誇らしげでさえあるように感じられた、話し方が他人行儀なのは、夫婦としてではなく、取材者と被取材者として話そうと努めているのだろう。

「よし、やっと心の準備ができた。ここから先は、もう少々のことじゃ驚かないから何でも話してくれていい」

部屋の空気を和らげようと明るい声で言ってみたが、彼女の表情は緩まなかった。

「でも、きっと驚きます」

「わかった。そのときは素直に驚く」

「元々私は、コンピュータが好きだったんです。小学校の高学年から中学にかけての頃、友だちの多くが、Ｊポップやアイドルや恋愛やファッションに夢中になっているのを横目に、部屋にこもってひとりパソコンの世界に没頭するようになっていた。変でしょう？」

そこで真澄は初めて小さく笑ってみせた。しかしそれは、まるで泣いているように見えた。

中学から高校にかけて、ネット上に存在するさまざまなサイトを閲覧していくうち、彼女はハッカーやハッキングに関するいくつかのコミュニティに出入りするようになる。大学に入ってからもそれはつづいたが、やがてそんなサイトの一つで、有志が集まってホワイトハットのグループをつくらないかという提案がなされる。サイバー空間を悪用した犯罪が、海外で勃興しつつある時期だった。

「その有志の一人が私で、学生と悟られないように大人の男のふりをしていたんです。それがユーリー」

「ユーリーっていうのは何語？」

「旧東欧諸国でもっとも人数が多いと言われてる、スラブ語圏の男性名。といっても、ハンドルネームは何度か変えています。大学時代、私にゆりってニックネームを付けてくれた友だちがいて、それが気に入ったから」

「もしかしてそれ、白百合からきてる？」

うなずいた彼女の表情が少し和らいだ。こんな狭いホテルの一室で、張り詰めた空気の中で会話していると、真澄が自分の妻であることを忘れてしまいそうだったが、わずかに気持ちがほどけた。

「最初の頃はユーリと名乗ってたの。でも当時サイバー犯罪の中心地として東欧が注目されはじめていて、これなら紛れ込むのにちょうどいいかもしれないと思って決めたんです」

「ニャンドゥティという名前をつけたのも君か」

彼女は意外そうに目を見張った。広瀬がすべてに気づいたと理解したらしい。

「ええ。一人ずつ案を出し合ったら、投票で私の案が選ばれたの。ニャンドゥティというレース編み物は、とても美しい工芸品で、しかもこの名の元になった「蜘蛛の巣」とは、ウェブのこと。私たちがネットワークを使って実現してみたいと考えていた理想を象徴しているように思えたから」

真澄の、いや、ユーリーの呼びかけで、世界中にいるメンバーたちの自宅には、パラグアイのレース編み物のニャンドゥティが飾られているという。

「ハッカーとしての私たちが利用しているのもウェブ、つまり蜘蛛の網。私が使っている小さな円網と、別のハッカー、また別のハッカーがつくり出した円網とをつなぎ合わせていければ、できることは足し算じゃなく、掛け算になる」

自宅で見た美しいレースを思い出していた。言われてみればインターネットとウェブの世界は、無数の結節点でつながれた大小の円網、あのニャンドゥティというレースのほうが、実態に即しているようにも思えてくる。

「セキュリティの弱点を指摘してきたホワイトハットとしてのニャンドゥティの中に、ある時期から、ブラックハットではないかと疑われる人たちが交じりはじめました」

世界のサイトの中には、ブラックハットたちが集まる闇のマーケットがいくつも存在していて、そこでは金融関連の個人情報、クレジットカード詐欺に悪用できるアプリケーションなど、あらゆる商品が売買されているという。技術の高さによりネット社会で名が知られていたニャンドゥティは、もはや真正なるホワイトハットではないのでは、という噂まで流れるようになった。

「つまり現在のニャンドゥティには、ホワイトハットとブラックハットという相反する二つの派閥ができてしまってるんです。これは、私と仲間の理想からかけ離れてしまった。このままじわじわと悪意のハッカーが増えていって、ニャンドゥティの名前がブラックハットとして広がっていったら、そんなふうに想像すると、もうどうしていいかわからなくなってきて」

閉じた膝の上に小さく握りしめたこぶしをのせ、彼女は打ちしおれていた。広瀬は浅くなった呼吸を整えようと、大きく二度、息を吸って吐いた。

「情けない夫ですまない。まだどう言えばいいかわからない。真澄の言ってることは本当なんだろうと、頭ではわかってるつもりなんだ。でもどこかで、どうしても信じきれてない自分がいる」

「あなたの言うことはよくわかります」

真澄の目が翳《かげ》りを帯びた。

「いまから証拠をお見せします」

真澄の瞳に諦めにも似た色が浮かんだのを広瀬は見た。

「スマートフォンを、出してもらえませんか」

広瀬はポケットからスマホを取り出して、真澄のほうに差し出した。すると彼女は首を横に振って言った。

「ニュースを見るなり検索するなり、いつも通り普通に使っていてください」

真澄は備え付けの椅子をくるりと回してデスクに向き直ると、ノートブックパソコンを開いた。横には小さいアンテナのようなものが立っている。彼女の指は、見たこともないような凄まじいスピードで動いているのだが、不思議とキーボードを叩く音は静かだった。

パソコンディスプレイに〈Ｋａｌｉ〉の文字が表示され、プルダウンメニューが現われるとすぐに別のメニューに切り替わった直後、今度は黒地に変わった背景に英数の文字列がずらりと並んだ。かたわらのアンテナからは、ときどきピー、ピーという神経に障る音が聞こえてくる。

魅入られたように妻の後ろ姿に視線を留めていた広瀬に、彼女が言った。

「スマホ、使ってもらえますか」

うなずいてから、よく閲覧しているウェブニュースのサイトを呼び出して、クリックしながら次々と読んでいく。バター不足が深刻化していたり、人気サッカー選手が一般女性と結婚していたり、ゲリラ豪雨や竜巻が頻発して、世間を騒がせたりしていた。だが、いまここで起きている現実に比べれば、この部屋以外のすべての出来事は絵空事のように思えた。仕事とプライベートのメールが何通も届いていたが開封するのはためらわれた。

数分が過ぎた頃、突然ディスプレイから色が消え、暗転した。試しに起動ボタンを押してみるものの、うんともすんともいわなくなった。

真澄はこちらを振り返り、平板な口調で告げた。

「デバイスの管理者権限を乗っ取りました」

「どういうことだ」

これがハッキングされた、ということか。

「セキュリティロックの四桁の数字は、その組み合わせを考えてもわずか一万通り。いま試行したケースでは、ハッカーがあなたの妻だから、四桁の数字を類推しやすかったという条件はありますけど、ワイファイを使って接続しているスマホに侵入するのは、私たちからすればとてもたやすいことです」

ブラックハットたちにとっても、それは同じである。会社のサーバやパソコンを乗っ取ったり、大量にパケットを送り付けてネットにつなげなくしたり、さまざまな攻撃手法を使っては、解除と引き換えに金銭を要求する者たちは世界中にごまんといる。

ニャンドゥティのブラックハットたちも、セキュリティが甘い日本の大手通販サイト数社から、身代金を引き出すのに成功して味をしめ、現在もどこか別の会社にサイバー攻撃を仕掛けているとおぼしき動きがある。

自分も気になって定期的にモニターしているのだけれど、なかなか詳細な情報が摑めずにいる。

「元々のメンバーの間でも、これでは近いうちに警察に捕まってしまうのではという気分が蔓延してきていて、抜け出す人も増えている状態です。こんな時代だからこそホワイトハットの力が重要になってくるのに、ブラックハットに対抗する人の数は減るばかりで。私は設立メンバーの一人として、どうにか元のニャンドゥティに戻したいと思って懸命にやってきました。でも」

そこでいったん自分の足元に視線をおとし、沈黙ののちにつづけた。

「もう多勢に無勢。大きなお金を得る魔力に勝てる人は、決して多くないから」

サイバー攻撃が飛躍的に増えている時代だけに、ホワイトハットがいかに大事な存在かということはいまの話からもよくわかった。同時に自分が持つＩＴ技術を利用すれば、たとえ不正な手段だとしても金を手に入れられるのならば手を染めたくなる人間が多いだろうことも、また容易に想像できる。白と黒という立場を分けるのは、気持ちの問題だけということになる。

「例えばあなたがいま、自分のスマホをハッキングされたと警察へ通報すれば、私は不正アクセス禁止法に抵触する行為をしたわけだから、逮捕される」

「そんなこと、するわけない」

「ありがとう。でも事実として、私は法律に触れる行為を日常的に行なっていたの。社会的に見ればホワイトもブラックも、理念は別として大差ない立場。でも、ブラックハットたちは無数の標的から利用しやすい相手を選べばいいけど、ホワイトハットはいつも後手に回ってしまう。まるでいたちごっこみたい。しかも向こうの正体を私たちが摑むのはとても困難で、こちらからは見えにくいのに、相手からは見られているんじゃないかっていう不安が、いつもつきまとってる」

彼女は、もう疲れたと呟くと、両手で顔をおおった。広瀬はかけるべき言葉を考えてみる。確かにウェブを通じて世界とつながることができる。自分の分身があちこち移動している錯覚に陥ることも多いだろう。

けれどそれはあくまでパソコンの中にある現実だ。いま真澄自身の身体と心が存在しているのは、仙台の駅に近いホテルの一室だ。その事実は疑う余地がないのだが、観念や想像力が彼女を縛ってしまっている。広瀬は意を決して告げた。

「いっぺん、蜘蛛の網から離れよう」

真澄は顔をあげると、虚をつかれたような表情で見返した。

「きみは自分が好きな蜘蛛の糸に、両手両足、そして思考や心までがんじがらめにされてしまっている。ニャンドゥティという蜘蛛の網から、ウェブという蜘蛛の網から、いったん離れてみよう。きみにとって大切なことは何か、何をすべきなのかを、冷静に考えてみるといい」

蜘蛛の網、と真澄は呟いた。

ニャンドゥティというハッカーのサイトを閉鎖するべきだ。そう言おうとしたのだが、躊躇してやめた。真澄の、そのハッカー集団への思いの強さや深さを、自分が推し量ることなどできない。聡明な彼女のことだから、出すべき結論はきっと自分で出すはずだ。

こんな状態の妻に、夫としてしてやれることは多くはない。

「何か旨いものでも食いにいこう」

「でも、とてもそんな気分じゃ……」

「食事ってのは、気分で食べたり食べなかったりするものじゃない。生きていくためにやらざるを得ない行為だ。きみが愛してやまない蜘蛛だって、そうじゃないのか」

「蜘蛛？」

「物覚えの悪いおれに何度も教えてくれたよな。蜘蛛が気の遠くなるような長い時間をかけて、史上最強の素材である蜘蛛の糸をつくり出せるようになったのは、獲物を摑まえて食べるためだろ。生きつづけるためじゃないか。そして生きるってことは、その本人だけのものじゃない」

真澄は訝《いぶか》るような目でこちらを見た。

「家族のために生きる。それだって生きていく立派な理由になる。真澄が死んだらおれは哀しい。あとを追って死んでしまうかもしれないから、きみはおれを哀しませちゃいけない。故に、飯は食わなけりゃならない。いわゆる三段論法だな」

「それ、三段論法じゃない」

真澄が笑った。

結婚して以来初めて、妻のことが少しだけわかった気がしてきた。感情では動きにくい彼女の場合、やはり論理的な説得を試みるにかぎる。たとえそれが破綻した論理だとしても。

それにしても、東海林の甚だしい勘違いの結末がこれか。一連の騒動の原因が妻の浮気だった場合と、凄腕ハッカーだった場合と、どちらが良かったのかについては考えるまでもない。

これで良かった。あとはこれから二人でどう解決に向かっていくかを考え、実行していくだけのことじゃないか。広瀬が窓に近づいてカーテンを開けると、中心部のビル街の夜景が見えた。

「決心がつきました」

「そうか」

真澄は顔を上げて言った。

「でも、その前にしておかなくちゃいけないことがあります」

「何ごとにもけじめは必要だからね。でも、ひとつ注文していいか?」

夫として、妻に告げた。

「おれに敬語で話すのはやめてくれ」

小さく、はいと答える。広瀬は手をとって立ち上がらせた。妻はよろよろとしがみついてくる。肩を抱くと、すっかり肉が落ちて骨ばっているのに、柔らかくて温もりのある感触を手に感じた。部屋の鍵をポケットに入れて部屋を出た。

この近くに深夜までやっている鮨屋があったはずだ。あの店の旨いこはだなら、真澄の食欲も少しは戻ってくるに違いない。

12　覚悟

夕刻が近づいてくるにつれて、どんどん気が滅入ってきた。ここしばらく世間で大小さまざまな事件がつづき多忙を極めていた報道部の東海林から、相談に乗ってやるから一杯飲もうとメールが届いたからだった。

広瀬はまだ、東海林に本当のことを伝えてはいなかった。とても他人に話せる内容ではなかったし、よしんばそれを彼に告白したところで、絶対に信じてくれないだろうという思いもあった。敵前逃亡と勘ぐられるのは不本意だが、この際仕方がない。今夜は誘いをパスして帰宅しよう。メールは家に着いてから見たことにしよう。そう決めて鞄を持って椅子から立ち上がり、部屋を出た途端、快活そうな男が手をあげて近づいてきた。

「そっちも終わったところか。気が合うな」

広瀬は観念した。

行きつけだという料理屋の小上がりに腰をおろすと、女将にいつも通りのやつと告げたのみで、東海林は広瀬に向き直った。小さなテレビの画面から低い音が流れ、いかにも昔ながらの小料理屋という風情である。

「お前、近頃めっきり元気がないってもっぱらの噂だぞ」

「誰が、そんなことを言った」

「お前と同じ部署にいる人間だ。おれは社内に何人もスパイを抱えてるからな、社員たちの動向なんぞ全部筒抜けだ」

そのわりには、情報の精度が低いようだが。

「別に元気がないってわけじゃない。仕事が忙しくて無駄口を叩く暇がないだけだ」

「いや、悩んでると見たな。まさにいまこの瞬間も、広瀬の苦悶がびんびんと伝わってくる」

確かに。どう伝えればお前の誤解を解けるかと悩んでいる。

「想像するに、さぞかし大事になってるらしい」

「誤解のないように初めに言っておくが、うちの妻の不倫疑惑は解消した。完全に、東海林の思い違いだ」

彼はぎょろりと目をむくと、こっちの目をのぞき込むようにしてみせたので、そのまましばらく凝視し合った。男どうしで見つめ合う恥ずかしさと気持ち悪さで目を逸らした途端、やつは勝ち誇ったように宣言した。

「広瀬家の不倫騒動は、よほど泥沼に陥ってるようだ」

「だから、全くの誤解だったって言っただろうが」

「お前は家庭内のスキャンダルを外に漏らすまいとして、その心労でかなり参っている。最近世間を賑わしてるサイバー攻撃でいえば、情報漏洩の瀬戸際で広瀬はセキュリティ強化にやっきになってる。それも、たったひとりで」

ぎょっとした。サイバー攻撃と聞いて、まさか妻の秘密に勘づいたのではと考えたものの、万一にもあるわけがないと思い直す。しかし表情の変化を見逃さなかったようで、彼は得意げに言った。

「図星だったようだ。でもな、安心しろ。お前はひとりなんかじゃない、おれがいるじゃないか。水臭い嘘はなしにして、本当のところを話してみろよ」

この時点で広瀬は、心の中で白旗を揚げた。まるで聞く耳を持たないこの男は、何をどう話したところで自分の田んぼに水を引こうと、はなから決めてかかっている。それでも、ここで諦めて見当違いの噂を流されでもしたら、自分は会社員として致命傷を負いかねないと考え直した。

「いったいどう言えば、お前にわかってもらえるのかな。おれの奥さんは、外で誰とも会ってないし、後ろ指を指されるようなこともしていない」

迂闊なことに、今度は自分で口にした「後ろ指を指されるようなこと」という言葉に反応してしまい、頬が強ばってくる。もちろん相手が見逃してくれるはずもなかった。

「物事っていうのは、やったことの証明よりも、やらなかったことの証明のほうがはるかに難しいというのが通り相場だ。お前の奥さんが不倫してなかったと強弁したところで、してないという証明はできない」

お通しで出てきたホヤの酢の物を、よく冷えた地酒で流し込みつつ、思いきった手に打って出ることにした。

「東海林、きみの奥さんが何か秘密を抱えていたとしたらどうする？」

「秘密？　どんな秘密だ」

「ばかか。夫に言えないからこそ秘密なんじゃないか」

「それもそうか。まあ秘密を抱えてたとしても、おれは気にしないがな。下手に突っついて蛇を出すのは、本意じゃない。夫婦が家庭をうまく運営していこうと思ったら、秘密の一つや二つあったって気にしない。少なくとも表面的には」

「それが、法に触れるようなことだったとしてもか」

かつおのたたきに伸びた東海林の箸が止まり、ちらとこっちを見やる。それからにんにくをのせて口に運び、ゆっくり咀嚼してから答えた。

「不倫は犯罪じゃないよ。戦前なら姦通《かんつう》罪に問われたのかもしれないけどな、現代日本ではそんなものはない」

「だから不倫じゃない。そうじゃなくて、例えば軽犯罪みたいなやつだとしたら」

「それはやばいだろう。何がやばいって、いまのお前の言い草だと、軽犯罪は軽いからオッケーみたいに聞こえたぞ。曲がりなりにも新聞社は社会の公器なんだから、そこに勤務する人間は軽重を問わず罪を憎むべきだし、社会悪とも闘っていかなきゃいけないだろうが。さらにその記者の妻が犯罪者だっていうのは、かなり、深刻にまずい。まさか広瀬の奥さん、万引きとかやってるんじゃないだろうな」

「真澄が万引きなんてするか。窃盗《せっとう》はりっぱな犯罪行為で……」

そこまで言って、はっとした。ネットワークへの不正アクセスこそ、疑いもなく犯罪を取り締まる刑法に抵触する行為なのだ。

「わかった、不倫じゃなかったとしよう。つまり不倫以外で、お前の奥さんがある秘密を持っていると。で、それはおれにははっきり言えないことなわけだ」

「奥歯にものがはさまったような言い方で悪いが、そういうことだ。どこの家庭にだって、よそさまには話せない事情の一つや二つはあるだろう」

「うちには、そんなものはない。いつも公明正大、世間に知られて困るようなことは一つもない」

言葉とは裏腹に、東海林はまるでやけ酒をあおるようにグラスを空けてから、テーブルにたんと置いた。「と言い切れたら、どんなに気が楽か知れないよなあ。実はわが家でも、ちょっと前から雲行きが怪しくなってて、とても人さまの家庭事情を心配してる余裕なんてないんだ」

「なるほど。東海林家でも、トラブル発生中というわけだ」

「トラブルなんて軽い雰囲気で言えるようなもんじゃなくて、けっこうシビアな問題を抱えてる」

何のことはない、相談に乗ってやるというのは建前というか隠れみので、やつのほうこそ悩みを聞いてほしかったのだ。

「最近、家庭が冷え冷えしててなあ。ちなみに、慰めの言葉なんていらないぞ。上っ面だけのやさしさじゃ、いまのおれの心は癒されないから」

あらかじめそう告げておいて、彼は話しだす。

最近、自分が帰宅したときの家族の態度が冷たい。以前はこんなことはなかった。子どもは小学校三年生のかわいい盛りで、たまに早い時間に帰ると飛びついてきた。ところが一、二ヵ月くらい前から、無視されるようになった。機嫌が悪いのかと気をつかっていたものの、ついかまいたくなってくすぐると、やめて！　と真剣に怒られた。

「そのときの目が怖くてな。まるで、本気で怒ったときのうちの奥さんと同じなんだよ。あれは恐ろしかった」

「確か女の子だったよな。いわゆる、お年頃ってやつじゃないのか」

「おいおい、小学校三年だぞ？　いくら最近の子どもがませてるって言っても、たかだか九歳でお年頃はない」

「うちは子どもがいないからよくわからないけど、戦国時代や江戸時代だったら、そろそろ結婚させられる年齢じゃないか」

「うちの娘は平成生まれだ。それはいいんだが、いや娘は娘でよくないんだがどっちだ。

「さらに輪をかけて恐怖心を煽ってくるのが、奥さんだ。こっちはもともと怖かったんだが、まるで娘と連動したみたいに、さらに次元の違う恐ろしさで」

「東海林家としてはそれが日常じゃないか。恐妻家じゃない東海林なんて、東海林じゃない。尻に敷かれてなんぼ、それがお前だ。な？　だから元気出せって」

「出るか！」

それからしばらく愚痴に付き合わされた。内容はどの家庭にもありそうなもので、父であり夫である自分が女二人に邪険にされ、家庭の中で孤立しているとこぼすのだった。

聞き流すようにしていた頭の一方で、あのとき真澄が言った言葉の意味を考えていた。彼女はネットから離れる、ハッキングにはもう手を染めないと決心してくれたが、そのすぐあとで、最後にやっておかなくちゃいけないことがあると言った。

やめるのならばすっぱり手を引けば終わりではないかとも思えるが、そうできないわけでもあるのか。あるとすれば、それはいったい何だ？

いくら考えても自分で答えは出せないと知りつつ、それでも同じ疑問がぐるぐると頭の中を駆け巡っている。

「おい、聞いてんのか」

「聞いてるって」

「嘘つけ。また嫁さんのこと考えてたんだろ」

図星だったが、すっかりできあがっている東海林は気づかないようだった。広瀬のほうはもともと彼に相談をするつもりなどなかったが、改めて真澄の件は他人に知られてはならないと、この深刻さを思い知らされた。

しかしそんな状況にも拘わらず、同時に自分の中で葛藤が生じていることに気づいていた。サイバー犯罪に関する特集記事のことだ。

通り一遍の内容では、読者の興味をそそるものにはならない。長年の経験から、読者という存在は記者が思っているよりはるかに冷徹だとわかっていた。誤字脱字はもとより、事実誤認や社会の公器としての倫理等々、まるで小姑のようだ。

しかし稀にしかとれない特ダネを発表したときの快感は、何ものにも代えがたい。

自分の手の中には、そのネタがある。

この間ホテルで聞いたのは、彼女がこれまで行なってきた行為の、ほんのひとかけらに過ぎないはずだ。もう少し詳しく話を聞くことができたなら、普通の記者には書けないくらいディープな記事になる、そんな予感めいたものがある。

　真澄本人を出すつもりはないが、彼女が実際に経験したエピソードを匿名という条件付きで取材した、ということにできないだろうか。記者としての自分と、秘密を抱える妻の夫という、二人の自分がせめぎ合っていた。

八年前　黒石孝之

黒石との初顔合わせは最悪だった。どうして自分が他学部の研究室に派遣されなければならないのかという不満がありありと見えたし、屁理屈が多くて白衣も汚かった。一学年後輩だというのに、プログラムを組んでほしいという日々野の申し出にも真っ向から言い返してきた。

「日々野さん、プログラミングとかコーディングはやったことありますか」

「ないよ、その方面は得意じゃないし。できないから教授の紹介できみに来てもらったんじゃないか」

「バイオ関連の分析に使う新たなプログラムを組むなんて、口で言うのは簡単ですけど、現実に作ろうとすればえらい手間と時間がかかるんです。いまざっと聞いた内容をプログラミングするとして、もしもソフトウェア会社に依頼したら百万円単位の金額になりますよ」

「うちの研究室じゃとてもそんな予算をかけられないからこそ、どうにか学内でできないかって話をしてるんだ。どこも研究費を捻出するのに四苦八苦してるのは、黒石くんだって知ってるはずだ」

黒石は背もたれに身体をあずけ、腕組みして考えている。年下だというのに、なんだかとても偉そうな男だった。

「こういうものにも得手不得手ってありますからねえ」

「何が得意なの」

「一番好きで自信があるのは、ハックです」

「ハックって、コンピュータのハッキングのこと？」

その質問には答えず、あごの辺りをさすりながら不敵な笑みを浮かべている。他の研究室から派遣されてきたくせに、いざ具体的な依頼について詰めようとした途端、彼が渋りだしたのにはわけがあった。

黒石は情報工学系の研究室に籍を置いているが、彼の担当教授と日々野の担当教官である有馬《ありま》教授の間で、何らかの貸し借りがあったらしかった。以前、有馬が頼み事を引き受けたことがあって、今回はその借りを返してくれと依頼したのである。

だから黒石は教授間のバーターでここへ来させられたことになる。いわば人身御供《ひとみごくう》ともいえる彼の心情を慮《おもんぱか》って、少しだけ話につき合ってやろうと思った。

「ハッキングが得意だと、どんなことに有利なの」

「ハッカーっていうのは本来コンピュータやネットワークの仕組みに精通していて、弱点を指摘することでより良いソフトに進歩させていくための職種のことでした。日本じゃ誤った先入観のせいでハッカーは全員犯罪者みたいなイメージになってますけど、海外ではＩＴ企業に不可欠な人材なんです」

「黒石くんが持ってる技術の重要性はわかってるつもりだ。優秀だからこそ、教授もきみを推薦してきたんだろう。頼むよ、本当に困ってるんだ」

「うーん、どうしよっかなあ」

気を持たせる女子か。

「ところで日々野さんたちは、具体的にはどんなテーマの研究をしてるんですか。タンパク質がどうのって、うちの教授は言ってましたけど」

そんなことも知らないで派遣されてきたのかと呆れたが、よくよく考えてみればそれは担当教授が教えておくべきことであって、この男に非はないのかもしれないと思い直す。

生物模倣についてざっと説明し、メインの研究目標は蜘蛛糸を人工的に、しかも大量に生産することなのだと伝えた。それはいまだ世界で誰もなし得ていない偉業なのだと最後につけ加えると、目の前の男は激しく反応した。がばっと身を乗り出し、目を大きく見開く。

「世界で誰も成功してないってことは、それがうまくいけば世界初？」

「もちろん」

「ノーベル賞じゃないすか」

「可能性はあるだろうね、本当に実用レベルで量産化できたら」

すげえ、と感極まった表情で呟く。

「まあ、それぐらい苦労が多くて困難な研究分野だという意味であって、おれたちの研究がそこまで進んでるというわけじゃない」

日々野の言い訳も、すでに彼の耳には届いていないようだった。さっきまでは半分消化されて鳥の口から吐き出された魚みたいな目をしていたくせに、自分が口にしたノーベル賞のひと言で蘇生したらしかった。

「手伝います！　そんな偉大な研究のために僕のプログラムが使ってもらえるのなら、これほど光栄なことはありません」

「いや、だからね、それはこの先に控えている何段階もの大きな壁を乗り越えることができたとして、最後まで全て成功できたらの話であって……」

「面白い！　やりましょう、なんか燃えてきた」

早くも握りこぶしでガッツポーズだ。純朴な青年を口八丁でそそのかしている気もしてきたが、彼の腕が必要なのは事実なのだし、運も味方につけて全てがうまく運べばあながち嘘ではないからと、日々野はさらに自分に言い訳を塗り重ねた。

黒石の張り切りようは尋常ではなく、その夜からラボ泊常連組の筆頭へと躍り出た。

八年前　片桐正平

寝袋で仮眠していた日々野の身体が、びくりと反応した。

静まり返った部屋に、振動音が響いている。暗がりの中、青い光を明滅させて振動している携帯電話に慌てて手を伸ばした。

フラップを開くと〈片桐〉の名前。午前一時十分だ。

「どうした、こんな時間に」

「寝てたか」

「ラボ泊中」

「真夜中にすまない、緊急事態だ。黒石くんの連絡先を教えてほしい」

日々野の研究室にいる黒石と片桐との接点はほとんどないはずだ。

「黒石に急用か?」

「うちの研究室のパソコンに、誰かが不正にアクセスしてきたかもしれないんだ。黒石くんはパソコンに詳しいって前に日々野が言ってたのを思い出して、それで」

「もしかしてハッキングされた、とか」

口に出してみたものの、まるで現実感がなかった。

聞けば片桐もラボに連泊中だったらしいのだが、自分のパソコンで実験結果を解析していた最中に、突如画面がブラックアウトし、起動ボタンを何度押してもうんともすんともいわなくなったという。

もう一人ラボにいた後輩もパソコンを立ち上げたところ、一度電源は入ったものの、すぐに片桐と同じ状態に陥った。これは非常にまずい状況ではないかと気づいたとき、パソコンやネットに強い人物として黒石の名前が浮かんだ、そういう経緯らしかった。

「僕のパソコンはもちろんだけど、サーバ自体がまずいことになってるかもしれないって、後輩が」

「わかった、黒石に連絡してすぐに電話するよう伝える」

「頼む。それとこれは想定上の話だけど、万が一大学のサーバが攻撃を受けてるとすれば、日々野たちのデータもまずいことになってるかもしれない」

自分の顔からすーっと血の気が引くのがわかった。背中を冷たいもので撫でられたような感触が走る。それまで他人事だった危機が、突如現実味を帯びた。

これまで集めてきた実験データが無くなってしまったとしたら、天文学的にまずいことになる。

慌てて黒石に連絡を入れ、手短かに経緯を話した。彼はまだ起きていたらしく、いまからこちらに向かうと言ってくれた。

自分のパソコンは大丈夫なのか、それとも、もう駄目になってしまっているのか。うかつに電源を入れるわけにもいかず、深夜のラボでたったひとり、じりじりとした時間に日々野は侵食されていた。

翌日、セキュリティの専門家による解析で判明したのは、大学のサーバにぶら下がっていた相当数のパソコンが、ハッカーと思われる相手からの攻撃を受けていた事実だった。膨大な量の貴重なデータが吹っ飛んでしまったのだ。

深夜に駆けつけた黒石は、片桐に対して急ぎ大学の当該部署に緊急連絡を入れるよう進言した。

特に被害がひどかったのは、片桐が所属する研究室だった。彼のパソコンに入り込んだウイルスが、パソコンを内部から食い荒らし、ハードディスク内にあった全てのデータを消滅させていた。片桐を絶望的な境遇に追い込んだのは、そのデータが指導教官である教授の、学会用論文に使われるものだったことである。

研究室で最重要のデータが消えてしまったことになる。優秀でつねに冷静な言動を崩さない男が、あれほど気落ちしている姿を見るのは初めてだった。片桐は自分を責めていた。研究データは定期的に、ネット回線につながっていない独立したコンピュータに移しておくべきで、それを怠ってしまった自分のミスだ、と。

実験が最終局面を迎えていて、連日ろくに睡眠をとる時間もなかったと人から聞いて、慰めてやろうかと思ったが、迷った末にやめた。不幸中の幸いで、日々野の研究室に被害がほとんどなかったこともあって、口先だけととられてしまうのが嫌だったからだ。

ただ、あの男がやられっ放しで終わるわけがない。自分などが言うまでもなく、あいつなりに考え、この失敗を糧《かて》にするはずだ。

13　去りゆく者

「黒石、リッチになりたくないか」

「何ですか、また唐突に」

「いいから答えてくれ。お前はリッチになりたいか、なりたくないか」

「設問の立て方、おかしくないですか。その二者択一で質問されて、なりたくないって答える人います？　もう一つ言わせてもらえば、この設問におけるリッチの定義は何でしょう？」

「経済的余力があり、物質的に恵まれていること。そしてそのことが、精神的にも良い影響を与えている状態」

「曖昧だ。そんなあやふや極まりない定義に対して論理的な回答を導き出すのは無理です。日々野さんって昔から二者択一で人に答えを迫るの、好きですよね」

「そうだっけ？」

言われてみれば、峰さんを問い詰めたときもそうだったなと思い出す。

「間違いなくそうですって。おい黒石、フィブロインの権威の江崎教授がいる北海大学に来るか、それとも来ないかって。タンパク質を研究してる人間で、行きませんって答える研究者なんているわけないのに」

「そんなのわからないじゃないか。黒石みたいな変わり者だったら、舗装された安全な道を歩くのなんか自分は嫌です！　僕に似合うのは荒野の道なき道です、なんて言うかもしれないだろう。実際ちょっとは、断られるかもと考えたくらいなんだ」

「本当ですか」

ここのところ新しいテーマ探しと称して、仕事帰りにぐだぐだと店で飲むことが多かった。酒を飲みながらテーマを探すのは難しいといったんは二人で合意したものの、やはりしらふではいかにも煮詰まっている感が強くなるため、ついアルコールに逃げてしまう。

毎回異なる店に行くように努めていたのだが、今夜は個室居酒屋にした。男二人で気持ち悪いという思いはあるが、今日だけは個室でなければならない理由がある。

「さっきの質問に戻るけど、どうなんだ」

黒石はわざとらしく腕組みをして、わざとらしく考えこむふりをしている。しばしそのままの状態だったが、やがてぼそりと言った。

「そういう日々野さんはどうなんですか。リッチになりたいんですか」

「質問に質問で返すのは卑怯だな。でもまあ、そりゃあなりたくないと言えば嘘になる。最近、特にそんなふうに思うようになった」

「まさか、外車に乗って海岸沿いの別荘でも持って毎日高級レストランで食事とかワインとかを楽しんで血統書付きの外国の大型犬でも飼って朝夕優雅に散歩させて雇ってる執事には……」

「わかったわかった、もういい。黒石のリッチに対するイメージが、プアであることはちゃんと伝わったから」

別におれ自身がそういう生活をしたいわけじゃないんだよ、という言葉は口にできなかった。

「より良い研究成果を求める仕事が生活の中心にあるのは研究者として当然だし、それを軸に毎日が回っていくこともよろこばしいことだ。昼夜を問わずに実験漬けって生活は、自分の性格にも合ってると思う。研究も実験も、おれは大好きだ」

こんなことを、照れもなく堂々と口にしたのは何年ぶりのことだろう。

「ただ、おれたちの人生それだけでいいのかなって、最近ちょっと考えるようになった」

「僕は別に不満はないすけど」

黒石をこのラボへ引っぱってきたのは、自分だ。そしてここで、人工蜘蛛糸量産化の研究に費やした年数の分だけ、黒石に無駄な時間を過ごさせてしまった。

経済的に大きな市場が見込める分野や題材は、とうに他の人間が研究している。しかし研究者は「金のために」研究をつづけているわけではないだろう。

興味があったから、面白そうだったから、ただただ寝食を忘れて実験を繰り返していた。そう答える研究者がほとんどに違いなかった。だから自分が黒石に対して、リッチになるために研究テーマを探そうと提案するのは、本来、自己矛盾ではある。

それでもやはり黒石には、将来的に報われる可能性の高い何かを、見つけ出してほしいと願っていた。

「もう一度、コンピュータ関係に戻る気はないのか」

大学時代、日々野が在籍していた有馬研究室において実験を行なった際に、既存のソフトでは解析が難しいため新たにプログラムを組む必要に迫られたことがあった。そこで情報工学系研究室に助っ人を依頼したとき、紹介されたのが黒石だった。日々野たちの研究室に出入りするようになった彼が、生物模倣というものを初めて知り、学部途中から有馬教授の研究室に移籍したのだ。

「それ、どういう意味で言ってるんですか」

「そのままの意味だよ。お前が、自分自身で本当にやりたいテーマを見つけるべきじゃないかと、おれは思ってる。コンピュータとかウェブ関係の研究職に戻ったらどうかな。生物模倣に比べたら、はるかに将来性があるんじゃないか」

わけわかんないすよ、と戸惑ったように彼は言った。

「言葉を返すようであれですけど、そもそもリッチになりたいんだったら、エンジニアやSEとして業績好調のベンチャー企業に入ったほうが、ずっと安定していい給料がもらえるはずです」

「そうか、研究者に固執しないで、転職するほうが展望は開けるか」

「それが日々野さんの言うリッチってことなんですか？　ていうか、日々野さんはどうするつもりなんです？」

ふて腐れ気味のその反問には答えず、日々野は告げた。

「黒石も、そろそろ一人立ちしていい頃だ」

後輩思いの先輩ぶってるんじゃねえ、と心の中で自分に突っ込みを入れる。

「おれみたいな、いつまでもうだつの上がらない男の尻にくっついてることはない。黒石は黒石で自分のやりたいことを、本当に好きなことをやればいい。それに」

日々野はそこでいったん頭を下げ、相手に目を見られないように、まぶたを閉じて告げた。

「正直、いつまでも面倒は見きれない」

怖くて顔を上げることができなかった。

長い時間を共に研究に捧げ、うれしいときや辛いときも、振り返れば辛いことのほうがはるかに多かった気もするが、実験の反応を待つ間にばかなことを言い合ったり、酒で一緒にうさ晴らししてきた後輩に、相棒に、こんな言葉を投げつける日がくるとは自分自身、考えたこともなかった。

「ふざけんな！」

黒石が叫んだ。隣席で上がっていた笑い声が突然やんだ。それから身を乗り出して、押し殺したような声で言う。

「勝手にもほどがあるだろ。あんたそこまでばかだったのか。こんなばかだと知ってたら、こんなところまでついてくるんじゃなかった。あーあ、これまでの人生、ほんと損したわ」

足早に去っていく黒石の背中を、日々野は見つめた。

これでよかったのだ。円満に別れることで、中途半端に未練を残してはだめなんだ。おれたちは、互いに袂《たもと》を分かつべきだ。彼の将来のためにも。

結局、最後まで黒石の顔を見ることができなかったなと、ぼんやり考えた。

14　逮捕

朝刊の入稿締切が近づいていた。

毎日のこととはいえ、張りつめた空気の中で時おり怒号が飛び交いはじめる。いかにも一分一秒を争う仕事をしている感じがして興奮するという、東海林のような男もいないではないが、広瀬は殺伐としたこの雰囲気が苦手だ。

このところ、ただでさえ政治家の巨額献金疑惑で国会がもめているというのに、追い打ちをかけるように保守系議員の失言や金銭問題が頻発していた。

遊軍に近い広瀬をはじめとする記者たちが、社会部の応援に駆り出されることも多くなっていた。原稿を書き上げてから、広瀬はデスクに送稿した。これで今日のお務めも終わりかなとほっとしたとき〈あさって掲載予定の配信記事を送っておく。急がないから明日夜の締切までにまとめておいてくれ〉と、デスクから返信メールがきた。

今夜は眺めるだけにして作業は明日にしよう。そう考えながら、記事配信会社から送られてきた予定稿の一覧に目を通してみた。

国際ニュース一覧のヘッドラインだけを眺めていく。イスラエルはパレスチナを空爆し、イスラム系テロ組織はあちこちで戦闘や爆弾テロをくり返し、英国では王子が笑顔をふりまいていた。うんざりしてきたとき、広瀬の目がその見出しを拾った。

〈国際的ハッカー集団メンバー　ＦＢＩにより逮捕〉

小さな記事だった。

見出しをクリックして、本文を読みはじめてすぐに、心臓が縮み上がる。

〈国際的なハッカー集団【ニャンドゥティ】メンバー十三人が、ＦＢＩを中心とした国際的サイバーテロ犯罪対策チームによって逮捕された〉

内耳を液体で満たされたみたいに、物音が消えた。ニャンドゥティという単語に、目が釘付けになる。いまのところ真澄から何も連絡はないし、警察から問合せがあったわけでもない。もちろんＦＢＩからも。だから大丈夫。必死で自分に言い聞かせる一方で、だが、と頭をかすめるものもあった。

もしかしたら真澄は突然自宅で拘束され、広瀬に連絡する間もなく連行されてしまったのでは。逮捕というのはたいがい突然のことであって、事前にその家族や知人に連絡などするはずもないし、最後に一本だけ電話を入れさせてほしいと告げて、警察が承諾するわけがないのだ。

そこまで考えて、初めて大きな勘違いに気がついた。

これは記事配信会社の予定稿だ。ハッカー集団の逮捕という記事自体は、今日の未明に配信されたものだった。広瀬は昨夜自宅で眠り、今朝起きて真澄が用意してくれた食事を食べてから出社した。真澄は確かに家にいた。

記事はその後、サイバー犯罪担当のＦＢＩ捜査員のおとり捜査によるものであり、今後も同様の摘発はつづくだろうと、ごくあっさりと結ばれていた。ほっとしたのもつかの間、また新たな心配の種を思いつく。

ハッカー集団のメンバーが逮捕された事実は動かしようがない。つまり、ニャンドゥティは犯罪的ハッカー集団であると、海外の警察組織には認識されていることになる。現実にそこへ捜査の手が伸びて、逮捕者も出ているのだから。

つまるところ、遅かれ早かれその他のメンバーにも危機が迫っている、ということを意味するのではないのか。

パソコンのディスプレイを前にして悶々と、そして延々と広瀬は悩みつづけた。

やがて、考えていてもらちがあかないと悟り、受話器を取り上げて記事配信会社へ電話した。何度かの取り次ぎの後、ようやく目当ての部署の担当者が出た。

「連絡させてもらったのは、今日未明に配信された、国際的ハッカー集団がＦＢＩにより逮捕されたという記事の内容を、もう少し詳しく知りたいと思ったからなんです」

「いま確認しますので、少々お待ちください……ああ、この記事ですか。これは、記事に使用されるにしても日本とは直接関わりのなさそうな内容でしたし、ベタ記事に近い扱いになるだろうとの判断で、短くまとめられたものの一つですね」

相手は疲れたような調子で答えた。国際部には二十四時間、世界中から記事が届くのだろうから、常時時差ぼけに近い状態なのかもしれないなと同情しつつ、用意していた言葉を告げた。

「最近、日本でもサイバー攻撃が増えてきてます。私どものエリアでもいつ起きても不思議ではない事案だということで、近々特集を組もうと考えていたところにこの記事を見つけたので、いい機会だと思いまして」

まるっきりの嘘ではないが、本当でもない。広瀬は畳みかけるようにつづけた。デスクから無理難題を言いつけられまして、時間のない中で記事にしなければならないため、特集の導入部にするには恰好《かっこう》の事件なんです、と必死に説得した。

広瀬の執拗《しつよう》さを、ネタに対する記者の執念と思ってくれたのか、彼は記事をまとめた記者に電話を回してくれた。電話に出るなり相手は言った。

「ご存じだとは思いますけど、あの記事の元原稿は、うちのアメリカ支局の人間のものです。私からお伝えできる内容は、それほどないんです」

「事情はわかってるつもりです。そちらのお手元にある情報でかまいませんので、もう少し詳しい記述がされているものはありませんか」

「粗《あら》原稿というか、支局員が大雑把にまとめた原稿ならありますが、これは社外に出せないものなので」

「しかし、簡単にまとめられたものでは物足りませんし、そこをさらに突っ込んで書きたいのに当方では詳細を知る術《すべ》はない。会社どうしが契約して配信している関係なんですから、どうにかならないでしょうか」

うーん、とうなる声が、受話器の向こうから聞こえている。可能性は五分五分と思って、広瀬は待った。

「わかりました。できる範囲で協力しましょう」

思いのほか好意的な口調で、担当者は承諾してくれた。

「私自身も、最近のサイバー案件の増加には関心をもっていて、できたらああいう記事を大きく扱ってもらえればなと、常々思ってました。日本国内でも、いつあれと同じような事案が起きても不思議じゃありませんから」

彼は広瀬にメールアドレスを尋ねると、配信記事の元になった粗原稿があるので、それを送りますと告げた。

「もちろん、そのまま記事になるわけじゃないんですよね？」

「もちろんです」

丁重に礼を言って電話を切った。大きく息を吐き出したとき、この逮捕について強い関心を抱いたのは、どうも真澄の身を案じたからという理由だけではないらしいことに気づいた。どうやら自分は、記者としても一連のサイバー犯罪に関心を持っているらしい。

いったん休憩室へ行って眠気覚ましのコーヒーを飲み、戻ってくるとメールが届いていた。添付書類を開封する。

ハッカー集団【ニャンドゥティ】メンバーの、ＦＢＩによる逮捕劇のあらましは、次のようなものだった。

近年多発しているサイバー犯罪摘発のため、米連邦捜査局は数年前からある闇マーケットのサイトを密かに監視していた。アメリカ国内では、インターネットを通じて銀行やショッピングモール、飲食店など様々な企業のウェブサイトへ侵入し、顧客のクレジットカード情報を不正な手段で入手するという犯罪が以前から多発している。

闇マーケットでは、クレジットカード情報の売買にとどまらず、現金引き出し、ＤＤｏＳ攻撃用のボット・パソコン貸し出し、標的型攻撃用マルウェア提供に至るまで、サイバー犯罪に関わるあらゆる事物が取引されていた。被害総額は、数億から数十億ドルとも推定されるものの、実態はなかなか把握されていなかった。

ある時期から監視していた闇マーケットで、ニャンドゥティという言葉が頻繁に登場するようになった。調査によりそれがハッカー集団の名称で、ホワイトハット・ハッカーのメンバーで構成されていると判明。そこで新たな監視対象として、ニャンドゥティのサイトでも、別の捜査員によるおとり捜査が開始された。

過去におとり捜査でハッカーが逮捕された事例もあり、この手のサイトメンバーは当局の潜入捜査に対して非常に敏感である。カムフラージュのために、おとり捜査員自身も法的手続きを経た上で、少額の闇取引を行なっていたという。

当局が標的としていたのは、ニャンドゥティのサイトに一年ほど前から参加するようになった人物A。Aには、個人的に運営している他のサイトがあり、調査の末にパソコンのIPアドレスを入手し、ドメイン登録会社の協力を得て、以前に同じユーザーが東欧ウクライナの闇マーケットで別のドメインを登録していた事実を突き止める。

ウクライナ警察によるAの出入国履歴から、幾度となく米国西海岸のリゾート地へ出かけていることが判明する。Aがウクライナで盗んだカード情報を元に米国でクレジットカードとして利用し、最終的に現金化するキャッシャーと会うためだった。

Aの出国情報を得た当局は、米国のフロリダへ来たところから行動確認を開始し、キャッシャーが引き出した現金を渡す現場を押さえて逮捕。容疑は、米連邦経済スパイ法違反だった。当局は、数十年の刑期となる可能性を示唆して司法取引を持ちかけ、Ａが携行していたパソコンのパスワードを訊き出すことに成功。これにより、過去の取引データ記録が起訴の証拠となった。

さらにログの解析によって、余罪も発覚する。いくつかの企業に対してＤＤｏＳ攻撃により業務に支障を生じさせ、攻撃中止と引き替えに金銭を要求していたのだ。中には、某国のベンチャー企業に特許情報を渡せと脅迫したケースもあった。Ａは入手したデータを、米国の同分野のベンチャー企業Ｃ社に転売しようとしたものの、Ｃ社がデータを解析したところ、類似した別データだったことが明らかになり、Ｃ社は極秘裏に警察へ通報した。英語の文面に翻訳ソフトを使ったような不自然さがあったことから、英語圏の人物ではない可能性を疑う。英語に堪能ではなく研究者でもないＡは、シルクとスパイダーシルクを混同したと思われる。

Ａのパソコンから、Ａのサイトに出入りしていた他のメンバーの身元が次々と判明し、最終的にアメリカ、ウクライナ、日本の各国の捜査当局の協力により、二ヵ国十三人のハッカーが逮捕されるという事件となった。

今回の逮捕を糸口に、米国司法当局は、ハッカー集団【ニャンドゥティ】の全容解明に乗り出す方針である――。

手に持ったマウスが汗で濡れていた。気持ちを落ちつけるべく静かに何度か深呼吸したが、張りつめた緊張は解けなかった。

15　おたく少女

家に帰るとすぐに、広瀬は切り出した。

「話がある」

時計を見ると、十時半を過ぎていた。こちらの気も知らずに、真澄が「夕ご飯は？」とのんびり訊いた。

「食べてないけど、ご飯はいらない。まず酒を飲みながらでいい」

「それじゃ、おつまみ出すから五分だけ待って」

部屋で着替えようかとも思ったが、気持ちが変わってしまうのが嫌だったから、冷蔵庫からウォッカの瓶とトニックウォーターを取り出し、ソファに腰をおろした。

おまちどおさま、と言って隣に座ると、真澄は酒の肴が入った小鉢をテーブルに並べた。グラスを小さく持ち上げて、乾杯の仕草をして口に含んだ。冷たい液体が喉から食道を通り、胃へと流れ込んでいくのがはっきりとわかる。胸のあたりが冷え冷えとした。

「どうしたの？　なんだか怖い顔してる」

「ニャンドゥティのメンバーが、逮捕されたらしい」

新聞掲載前の記事を漏らすのはご法度だが、そんなことで躊躇している場合ではなかった。なめ横にいる妻の表情を見たが、わずかに目を開いてみせただけで、心底驚いたという様子ではない。

「びっくりしないんだな。もしかして、もう知ってたのか」

「それ、もうニュースになってることなのかな」

「まだだ。でも、もうじき新聞には記事として載るはずだし、ニュース番組で取り上げられる可能性はある」

真澄は、心外だとでもいうように眉を少し上げてみせて、それから薄く笑った。まるで思春期の少女みたいな微笑みだった。

「安心して。ある日この家にＦＢＩがやってきて、あなたの妻が逮捕される、っていうことにはならないから」

「根拠は？」

「根拠はあるけど、いまはまだ話せない」

「本当に、本当に大丈夫なのか？」

「こう見えても、私はハッカーとしての腕はいいんだ。だから信じて。でも世の中で起こる事象に百％はないから、あなたは知らないままがいいと思う」

たぶん自分の顔は引きつっているだろうと、広瀬は思った。それでも、すぐに最悪のできごとが起きる確率は低そうだった。内心で安堵する一方で、またぞろ疑心が兆してくる。妻はやはり、まだ手のうちを全て明かしてくれていない。

さぞ深刻そうな表情を浮かべていたのか、広瀬の表情を見てなぜか真澄は小さく笑い、それから話題を変えた。

「小学校の四年生か、五年生の頃だったかな。テレビゲームにはまったの」

彼女はウォッカ・トニックをひと口飲んでつづけた。

「当時はゲームは男の子のもので、女子たちはテレビのアニメに夢中な子ばかりだった」

「あの魔法を使ったり、変身したりするやつか。真澄にはちょっと無理そうだもんな」

話に付き合おうと思い、なるべく軽い調子で広瀬は言った。

「でもあの頃は、同じ話題についていけないと仲間はずれにされるから、毎週欠かさず観てたな」

今度は本当に笑ってしまった。彼女が、眉のあたりにしわをよせて顔をしかめながら、『魔法少女○○』というような、星がきらきらするアニメを見ている様子を想像したのだ。確かに似合わない。真澄と少女アニメの組み合わせは、水と油だ。

そういえば以前、水と油の喩《たと》えを口にしたところ、ナノレベルでなら混合できるよ、と真顔で返されたことを思い出して、さらに笑いが追いかけてきた。妻が好きなものを全て把握したとは到底言えないが、彼女が嫌いなものについては、だいたい想像がつく。

「けど、もう小学生の時から理系っていうか、そういう科目が得意だったし、好きだった。算数とかね。それを知ってた叔父さんが、あるときパソコンをくれたの。これからの社会を生きる子は、コンピュータとかインターネットとか、そういうものに詳しいほうが絶対有利だぞって言って」

「ああ、それはわかる。おれはそっち方面が苦手だから、余計にわかる。もっと若い学生時代からパソコンとかネットに親しんでりゃ、もうちょっと理系の頭に近づけたかもしれないって」

「それは逆だよ。理系の教科が好きだからこそ、その延長線上にあるコンピュータとか、そういうロジックで構築された世界に興味が湧いてくるわけだもん。とにかくそんなわけで、初めて自分専用のパソコンを持てたのは、私の年代ではかなり早かったほうじゃないかな。初めのころはホームページなんかも少なくて、見るものもあんまりなかったけど、本当にびっくりしたのを憶えてる。こんな地球の片隅にある自分の家から、世界のあちこちにつながって、いろんなことを見たり知ったりできるんだ、って」

ダイヤルアップは通信費がかさむためネット接続もままならず、彼女は自分のパソコンの中でできること、つまりプログラミングに手を染めるようになっていく。女のくせにとうるさく言われるのが嫌だったから、もちろん独学で。

「それで、さらにコンピュータにはまるきっかけになったのが、中学校に進学してから自分用のホームページを作ってみたいと思ったことだった。それまではパソコンの中で文字とか簡単なアニメとかを作ってたけど、いざ作ると誰かに見せたくなるものじゃない？　環境が整ってきたことも後押ししてくれて」

「アニメ、作ってたんだ。嫌いだったのに」

「アニメーションという表現形式そのものは好きだったよ。ただ、小さい女の子向けに制作されたものには興味がなかったというだけ。自分で何かを一から作り上げていくのが好きなんだよ。プログラムでも、デザインでも、アニメでも。それに、手描きだと上手に描けなくても、ソフトを利用すれば巧く描けたりするのがうれしかった。まあそうはいっても、ごくごく初歩的なアニメだったけど」

自分用のホームページを作り、いよいよ公開するという段階になって、さすがに自分の本名をそのまま使ってはまずいと考えた彼女は、ハンドルネームを付けることにした。公開しても、見にきてくれるのはごく親しい友人だけで、訪問者数はいっこうに増えない。

あくまで趣味としてやっているものではあったが、そこは研究熱心なだけあって、ページのレベルアップのために工夫してこつこつ上達していった。

「例えばトップページを、もっときれいに、もっと恰好よくしたいって思うようになるし、せっかくだから訪問者がメッセージを残せるようにしたらいいなとか、電子掲示版をサイトの中に作っちゃお、とか。簡易言語のスクリプトが書けるようになってくると、どんどん面白くなってきて、ＨＴＭＬを勉強するようになっていって」

「お父さんお母さんは、真澄がそんなことをしてたって知ってたのか」

「言うわけないじゃない、そんなこと。そもそもうちの両親はデジタルの世界が好きじゃなかったもの。計算だって紙に手書きしてたくらいで、パソコンやインターネットっていう新興勢力には懐疑的だった」

「そんな人たちの娘が、どうしてハッカーに？」

「もう一杯飲もうよ。もう少しアルコールの力でも借りないと話す勇気が湧いてきそうもないから。こういうのを面と向かって人に話すの、初めてだから」

注文を受けて二人分の酒を作りながら思った。今回の一連の出来事に関して、広瀬は自分から訊き出すことはしないと妻に告げていた。その代わり話したいタイミングがきたときは、話せる範囲でかまわないから教えて欲しい。逮捕の話題がきっかけになったのかどうかは不明だが、やっと語りたい気分になってくれたのだろう。

酒を手渡すと、彼女はひと息で半分ほど飲んだ。話す前から熱くなってるのだろうか。ともあれ酒も夜更かしも好きな妻でよかったなと、あらためて思った。子どもがいなくても退屈しない。やることが少々スリリングすぎるきらいはあるが。

「高校一年生のときだった。私のサイトの掲示板が、荒らしの被害に遭ったことがあったんだ。訪ねてくれる人は少なかったけど、自分の知識と技術を注ぎ込んだホームページだったから、宝物みたいに思ってたの。それで本当に頭にきたから、アクセスログと荒らした相手のＩＰアドレスを印刷して、警察署に持っていった」

「警察署？　まだ高校生だよね」

「大切なものを壊されたのに、高校生も社会人も関係ないでしょう？　あなただって、大切にしているそのバカラのグラスを見ず知らずの誰かに壊されたら、警察に届けるんじゃないかな」

それはどうだろうな、と内心思った。このグラスを見ず知らずの誰かが壊す、という場面が思い浮かばない。とりあえず、うなずいておいてから言った。

「いまでこそそういうのを罰する法律はあるけど、当時はその手の行為を罰する法律はなかったんじゃないか」

「不正アクセス禁止法が施行されたのが二〇〇〇年だから、私が警察に届けようとしたときには法律そのものはあったの。けど、一般的に広く知られていたかといえば、全然だった。応対に出てきた警察官の人なんて、きみはいったい何の話をしてるんだっていう態度だったよ。そういう個人的なトラブルを警察に持ってこられても困る、まだ高校生だから知らないのも無理はないが民事不介入という原則があってね、なんて言うんだから。高校生だって、民事不介入くらい知ってるし、だいたい不正アクセス禁止法違反になれば、罰金だけじゃなくて懲役刑もあるんだから、どう考えたって民事じゃなくて刑事じゃない」

「確かに、それは言える」

女子高生の頃から論理的に考える癖があったのだ。

「でも、それで諦めるタイプの人間だったなら、きっとハッカーにはならなかったと思う」

ちらと横目でこちらを見ると、妻は唇の端をあげて笑った。ぞくりとするような笑みだった。

「ちょっと暴走しちゃったんだよね。あんまり頭にきたから、自分で解決してやろうと思って」

「解決？」

「ハッキングにはもともと関心があって、頭だけの知識としてはけっこうあったんだけど、それまで誰かのパソコンに実際に侵入したことなんてなかった。ハッキング方法の具体的な解説本があって、それをお手本にやってみたら、一回目で侵入できちゃったわけ」

「そりゃあ……天才的だ」

「うん、自分でもびっくりしたくらい。あとで考えてみたけど、セキュリティがすごく甘いパソコンだったんだよ。ネットを利用して悪いことをしようと目論《もくろ》む人間って、案外、自分自身のセキュリティには甘い。攻めることばかり考えてるから、守りがおろそかになるんだと思う。中途半端に自信があるだけに、自分だけは大丈夫だって過信しちゃう。とにかく私も、相手のパソコンの内部に急に入ることができて気が動転してたから、そこから何をすればいいのかわからなくって、結局、相手の管理者権限パスワードを、初期設定に戻してやった」

「でも、そうしたらその相手は次に起動したとき、使えなくなるんじゃないのか」

「だから私もいったん離脱して、のぼせた頭を冷やして、相手も困るだろうなって思ったの。それでもう一回侵入して、パスワードを元に戻しておしまい」

「それじゃ、復讐は成功しなかったんだ」

「私がしようとしたのは復讐じゃないよ。何ひとつ悪いことなんかしてない私の掲示板へ、わざわざやってきて荒らした相手を、懲《こ》らしめようとしただけ」

高校から大学にかけて彼女のハッキングの技術は上達し、格段に進歩していく。もちろんその時期は、大学受験や卒業論文などの勉強も同時に行なっていたのだったが、寝る時間を惜しむようにしてのめり込んでいった。詳しくは話してくれなかったが、腕試しに企業のホームページに侵入したこともあるらしい。

「でも本当のことを言うと、私に正義を語る資格なんてないの」

真澄は懺悔《ざんげ》するような口調で話しはじめた。

実は大人になってから、一度だけホワイトハットの範疇《はんちゅう》から逸脱した行為に走ったことがあるという。アルバイトをしていた時期、ある同僚男性から頻繁に食事に誘われたことがあって、何度も断ったものの、相手はしつこくメールや電話をかけてきた。電話は着信拒否にできたものの、メールは止まない。

業《ごう》を煮やした彼女は、男のパソコンを特定し、侵入して管理者権限を乗っ取りアドレスブックを消去した。

「それで、どうしたの」

「どうもしない。それからすぐにアルバイトを辞めて、携帯電話の番号も変えたから。変な言い方だけど、他人のパソコンの中に入っていろいろ見てると、何だか人の頭の中に入りこんだような気分になって、それが快感に変わっていく瞬間があるの。そういう誘惑に打ち勝つのって、想像する以上に大変」

「特殊な能力を持った人間の、特殊な悩みだ」

「心の底では、いつか私を撥《は》ね返してくれるサイトやホームページが現われるんじゃないかって、どこかで期待しながらハックしてきた。けど、これまでに一度もそんなことはなかった」

ぽつりと呟く。次から次へと出てくる意外な面に驚かされていたから、顔に出さないようにするのに苦労した。

「ハッキングの成功率は百％ってこと？」

こくりとうなずく彼女を見ながら、広瀬はいつか読んだ連続殺人鬼の本のことを思い出していた。人を何人も殺しながら、深層心理では誰かこんな自分を止めてくれと切望している、というエピソードだ。

連想を振り落とすように軽く頭を振った。とにかく自分の妻が、本当に凄腕のハッカーらしいことだけはわかった。充分過ぎるほどに。その妻が言った。

「最近、悪意あるソフトウェアの名前として、マルウェアという言葉を見かけるでしょう。このマルウェアが一日にどれぐらい生まれているかわかる？」

見当もつかないので、首を振った。

「十万個」

「うん、たった一日で。つまり毎月約三百万個ずつ、悪意あるソフトウェアが誕生している計算になる」

「それは、世の中にいる人間の悪意の数でもあるわけだ」

日々世界のどこかで新しく生まれる、十万もの悪意。

「被害件数だって、びっくりするほど増えてる。例えば去年前半の半年間で、標的型といわれるものに限れば約千五百件の事件が確認されていて、前年との比較だと増加率は五八％にもなるんだから。これはあくまで表沙汰になったものだけのデータだと思うから、現実的にはその何十倍、何百倍の件数になってるはず」

Ｅ－メガに対するサイバー攻撃を思い出した。

真澄は話題を自分の過去に戻す。

彼女が大学の頃、海外の仲間とチャットで話すうち、ホワイトハット・ハッカーという存在を知るようになり、その流れでゆるやかにグループが形成されていったのだという。

「いつの間にか私が中心メンバーの一人みたいな雰囲気になってて。元々人を引っぱっていくタイプじゃ全然ないんだけど」

「いや、それは多分、それまで表面に出てきてなかったというだけだよ」

真澄はあごに指をあてて考えてから、呟くように言った。

「そうね、そうなのかもしれない。そしてグループの名も決まって」

「それが蜘蛛の網の、ニャンドゥティか」

「一年で？」

「好きなものだったから。だからホワイトハットとしての誇りもあるけど、ニャンドゥティっていう名前そのものにも、凄く思い入れが強いの」

ニャンドゥティを通して、世界の人たちとつながっている、社会と世界の役に立っているという快感が確かにあった。彼女たちが目ざしていたのは、ネットワークやサーバへの侵入テストを繰り返し、その脆弱性を企業や団体に指摘するホワイトハット、善意のハッカー集団である。事前に確認をとって実行することもあったが、ネット上のセキュリティ・ホールを探知するソフトがあって、脆弱性が深刻なときには、事後報告することも多かった。ハッカーという言葉が本来持っていたはずの、その正義の騎士的役割をあらためて示したいという思いからだった。

彼女にとって、コンピュータやネットワークは神聖な存在だった。きちんとプログラムを書けば指示通りに動いてくれるし、間違ったものを書けば、間違えた通りに正確に作動する。ウェブという網の中を伝っていけば、世界中のどこへでも行けたし、誰とでも会話できた。

「全能感。まるで自分が、小さな神さまになったみたいだった」

彼女は言った。

神さまという思いがけぬ言葉に戸惑った。彼女の知らない一面をかいま見た気がした。

広瀬には、さざ波のようにひたひたと打ち寄せてくる憂いがあった。

「最後にもう一回だけ確認させてくれ。真澄に捜査の手が及ぶ可能性については本当に大丈夫なのか?」

真澄は広瀬の目を見つめ、それからしっかりとうなずいた。口もとには笑みさえ浮かんでいる。当事者ではない自分でも、得体の知れない不安をぬぐい去れずにいるというのに、余裕とも受けとれるこの態度は何なのだろう？　相手はＦＢＩだ。もしも逮捕する気になれば、自分たちなど到底太刀打ちできないだろうに。

そうはいっても、彼女が考えていることなど読めるはずもなく、何をしたのか、或いは何をしようとしているのかを教えるつもりはなさそうだ。あとは彼女を信じるしかないと言い聞かせ、思いきって考えていたことを話した。

「相談がある。ハッキングのこと、ホワイトハットとブラックハットについてや、サイバー攻撃のもう少し詳しい話、具体的なエピソードなんかを真澄から聞きたい。もちろん、おれに話して問題ない範囲で構わない」

真澄は怪訝そうな表情に変わり、こちらの本心を窺うように訊き返してくる。

「ある程度のことまでは教えたつもりだけど、私の話を聞いて、どうするつもりなの」

「記事を書こうと思ってる」

「記事って、新聞の？」

「前々から書こうと思ってて、ネタを集めたり、自分なりに調べたりしてはいた。けど、きみからハッカーだと告白されて、これまでの話を聞いて本当に驚かされた。うちの新聞読者のほとんどが、きっとおれと同じ感想を持つはずだ。サイバー攻撃って言葉はよく聞くようになったけど、自分だけは被害に遭わないと考えている人もまだまだ多い。真澄の体験を多くの人に知ってもらいたいんだ」

手の甲にあごをのせて、真澄は何かをじっと考えている。

「もちろん匿名で。新聞記者として、取材対象の凄腕ハッカーに、敬意を払って話を聞かせてもらう」

「ということは、これまでは敬意を払ってなかったわけね？」

「別にそういうことじゃないんだけど」

真澄がいたずらっ子のような笑みを浮かべた。それを了承と受け止めて、広瀬は自室へ急いだ。取材用のノートとペンを取ってくるためだ。

こいつは絶対に面白い記事になる、そんな予感めいたものがあった。

第一級といっていい取材相手が、いまおれの前にいる。この記事は、デスクと喧嘩してでも必ず物にしてやる。

同時にこの記事をまとめることが、未だ闇の中に隠れている彼女の秘密を、光の下に引っぱり出すための一助にならないか。広瀬にはそんな思惑も、わずかながらあった。

†

真澄から聞いた話をもとに記事をまとめた。

導入部には、あの夜ホテルで起きた場面を描いた。ニャンドゥティのメンバーと名乗るハッカーグループとホテルで接触すると、相手は実力を示すために目の前で、記者のスマホをものの数分でハッキングしてみせた、と。

そこから本論に入り、インターネットに接続している個人はもちろん、企業、官公庁、そして国の機関の全てが攻撃対象で、誰もがサイバー攻撃から完璧に逃れることはできないとした。

世界規模の被害を及ぼすような、大がかりなサイバー犯罪事案がこれまで発生していないのは、邪悪な意志と高度な技術を持った多くのブラックハットたちにとって、ウェブサイトや通信網を攻撃したところで自らの利益にならないからだ。

だから、ひとたび悪意を持った人間たちが手を組めば、それこそ世界中のインターネットを全面停止させることさえ可能だという。毛細血管が機能しなくなった生命体は、体の末端から徐々に壊死《えし》しはじめ、やがて地球規模で〈情報の死〉を生み出すだろう。

事例として、E－メガのケースを取り上げることにした。アクセス不能状況に陥っていることを知り、すぐ被害の有無について確認の電話を入れたものの、そのような事実は把握していない旨の返答があったこと。

その後、他の通販サイトも同様に攻撃を受けていた事実を摑み、そちらに連絡を入れたところ取材に応じ、攻撃と脅迫に屈せず取引にも応じなかった旨を広報担当が証言した。けれどもその代償として、サイトは二週間近くにわたって攻撃を受けつづけ、売上げ金額が激減すると同時に株価も大きく下げる結果となってしまった。

実はニャンドゥティ内部で分裂騒ぎが起きていて、サイバー攻撃を仕掛けて陰で身代金を要求していたブラックハットの動静をひそかにウォッチしていたのが、創設期からのホワイトハットたちであり、取材したグループであると伝えた。

グループから渡されたデータを警視庁のサイバー犯罪対策課へ持ち込み、E－メガのサーバがダウンした日に膨大なパケット通信が行なわれていた事実の裏を取ることに成功。捜査関係者の談話と証拠を再度E－メガに提示したところ、今度は同社も認めざるを得なかった。

最後に冒頭のエピソードに戻り、個人も企業もいつ巻き込まれても不思議ではなく、最悪の場合は使用者さえ知らないうちにサイバー攻撃の踏み台にされている可能性さえあり、これが紛れもない現実なのだと警告を発した。そしてこの国はいつまでITセキュリティ後進国でいつづけるのか、と記事を結んだ。

掲載後、二つの被害企業は明暗を分けることになった。

目先の利益確保に走って身代金を支払ったE－メガは、株価を大幅に下げることになり、一方で脅迫に断固たる態度をとった他社は、市場が好感して株価を持ち直したのだ。

広瀬にとっては複雑な心境だったが、記事にしてよかったと思えることもあった。記事が大きな反響を呼んだのも匿名ハッカーのおかげだと伝えると、真澄は心の底からうれしそうに笑った。彼女の満ち足りたような笑顔を見るのは本当に久しぶりのことだったから、それは何よりのほうびになった。

七年前　日々野準

「ヤギの乳を使うのは期待薄じゃないか」

弁当をひろげながら片桐が言った。彼が何を話そうとしているのかを察して、日々野は答えた。

「でも蚕っていうのも釈然としないんだよな。だって蚕の絹が出てくるのは口からで、蜘蛛の糸が出てくるのは腹からだ。同じシルクだといってもやはり違和感はある」

「バイオテクノロジーを専攻する者とは思えぬ、感覚的な発言」

「いずれにしたって、ヤギも蚕もすでに手を付けてる研究者がいる分野だ。せっかく世間をあっと言わせるものを目ざすなら、やはり世界初じゃないと」

「その次はノーベル賞か？」

「そうやって馬鹿にしてればいいさ。でもな、だからこそ挑みがいがあるんじゃないか。人工蜘蛛糸の量産化は、これまで誰も成功したといえるほどの実績を挙げてないわけだし」

片桐は無言でうなずき、箸を持った。弁当屋で日々野は極旨天丼を、片桐はヘルシー肉野菜炒め弁当を買い求めた。実験の合間を縫って食べざるを得ないことも多く、男子学生の間では手早く済ませられる丼物が人気だ。片桐がサイドメニューにポテトサラダを加えたのを見て、どこまで健康志向なんだと思ったが、口には出さなかった。いったん決めれば信念を曲げない男なのだ。たとえそれが、たかだか弁当であっても。

いま話題にしているのは、人工蜘蛛糸の量産化についてである。日々野は身を乗り出して言った。

「これはマーケティングなる疑似科学の予測らしいが、人工蜘蛛糸の量産化が実現したあかつきには、市場規模が数兆円にものぼると言われてるそうだぞ」

「信憑性の高くない予測だけど、期待してる、と」

片桐の皮肉を無視してつづけた。

「それほど莫大な規模の市場を創出するのが自分だったらと考えると、想像するだけで鳥肌が立つ」

「用法が違うな」

片桐が指摘する。「恐怖や寒さを感じることで、立毛筋が収縮して毛が立つ。それが、鳥肌が立つの正しい使い方だ」

「うるさいな、理系なんだから国語は大目に見ろ」

「論理的に考えて仮説を立て、実験で裏付けを取り、再現性のある事象を第三者に伝えるために論文を書く。それが科学だ。だから論文を書く英語の基礎として、国語力は必須だ」

こいつの言うことは一々もっともだ。が、もっともすぎて腹が立つ。

話の口火を切るのは片桐が多く、しかも聞き上手ときている。タイミングよく相槌を打つものだから、つい調子に乗って話しすぎれば、今度は反論とその解説を聞かされるはめになる。

「日々野の言うことも、わからないではない」

「何の話だ？」

「市場規模ももちろん魅力だ。けど、何より製造過程での化学物質やエネルギー量が、劇的に低下するところがいい。石炭や石油資源を使わずに人工蜘蛛糸を大量生産できる、例えば細菌なんかの微生物が、生命活動の一環として蜘蛛の糸を産生するんだ。もし実現したなら、それまでになかった工業生産のパラダイムを生み出せる」

冷静な語りモードに入った片桐を、なかば呆れて眺める。

蜘蛛糸の合成は米国やカナダをはじめ国内外のいくつもの企業で成功しているが、鍵は量産できるかどうかにあった。よく引き合いに出されるのが蚕の絹糸である。草食性の蚕は桑の葉を食べるだけだから、大量飼育が可能だが、蜘蛛は肉食性、しかも縄張り意識が強く共食いするため、大量飼育は困難とされてきた。夢の繊維ではあるが、解決しなければならない問題は多い。

ヤギの乳も、蚕も、人工蜘蛛糸をつくるための手法だ。ヤギの乳の中に蜘蛛糸と同一のタンパク質が含まれていることが判明したのだ。別の方法としては、蜘蛛糸タンパク質の遺伝子を蚕に導入し、絹糸腺から糸状にして出させる製法も研究されている。

辿り着くべき頂は一つでも、登山道は無数にある。しかし、まだ多くが未開拓なのだ。ヤギの乳や蚕のケースは、蜘蛛糸より強度ではるかに劣ったり、工業化にはほど遠い生産量だったりと、分厚い壁が立ちふさがっている。

弁当をひろげたまま議論に熱中していたことに気づき、日々野は箸を動かしはじめた。片桐も同じことを思ったようだ。

黙々と食べていると、背後から声がした。

「揃ってお昼ごはんなんて、珍しいですね」

日々野と片桐は、同時に振り返った。二人の女性、灯と真澄が立っていた。と、二人が同時にふき出す。灯が真澄の肩を叩き、真澄は両手で腹を押さえて笑っている。

「どうした？」日々野が言う。

「何がおかしい？」片桐が言う。

日々野と片桐の声が重なった。灯が答える。

「二人とも、シンクロし過ぎ」

日々野と片桐は、互いに顔を見合わせた。すると二人の女性の笑い声はさらに大きくなった。またシンクロと漏らすと、灯は耐えきれないというようにその場にへたり込んだ。

片桐が立ち上がり、中腰のまま手を差し伸べる。ようやく笑いが収まると、灯は彼の手を頼りに立ちあがった。

「あーあ、こんなに笑ったの久しぶり。ありがとう」

白百合真澄は、同じ大学院の一年後輩だ。四ノ宮灯のほうは学生ではなく、理化学機器の総合商社に勤務する営業で、二人は同い年である。つまり学生三人と社会人一人というわけなのだが、全員がほぼ同世代、しかも灯も理系だったことから、うまが合って外で酒を飲むほど仲がいい。

ぽっちゃり気味の灯と、ひょろりと背が高い真澄は、互いに「ゆりちゃん」「あかりん」と呼び合う間柄だ。なぜ真澄がゆりなのかと以前尋ねたとき、「男子っぽい名前でかわいそうだから、名字の白百合からとった」と灯が答えた。

最新鋭の実験機器や器具、実験での反応時間を短縮できる試料など、灯の情報提供には助けられる部分も多い。深夜も早朝も厭《いと》わず動き〈コンビニ四ノ宮〉の異名をもつ彼女のため、日々野たちには暗黙の約束事があった。自分たちが頑張って実験漬けの日々を送れば送るほど、研究は進捗し、同時に灯の営業成績もアップ、これが本当の一石二鳥！　ということだ。

四人で他愛のない話をしていると、一匹の蠅《はえ》が飛んできた。日々野のほうに近づいてきたので、反射的に右手で追い払った。が、箸を持っていたのをすっかり忘れていた。しかもその箸が、食べかけのえび天をつまんでいた事実を思い出したのは、さらにその後のことだった。

えび天が華麗に宙を舞い、片桐の頭上を通り過ぎ、美しい放物線を描いて地面に落下した。蠅は日々野のそばを離れ、大きな餌と化したえび天の周囲を悠々と飛び回る。その光景を、日々野は暗澹《あんたん》たる気持ちで見つめた。

「おれのえび天……」

灯と真澄がふたたび笑い転げ、今度は隣の片桐までが笑いをかみ殺している。

「日々野は確か、急にえび天が食べたくなって天丼にしたんじゃなかったか？」

「ああそうだよ、それがどうした。最初のひと口目から、おれは計算して食べていた。弁当を食べ終えるときは、えび天と白米とが美しい調和の中で、同時に消滅する予定だった」

好物は最後までとっておくタイプだ。ご飯だけが残った容器を、恨めしい気持ちで眺めて言った。

「でも今日の天ぷらは、たぶん揚げる油の温度がやや低めだったと思うな。楽しみにしてたえび天だったけど、実際、あまり旨くなかった。うん、そうだ」

日々野はもう一度えび天に目をやった。人間の認識とは不思議なものだ。ほんの少し前には美味しそうなおかずに見えていたものが、いまや芝草が付着して転がっている生ゴミにしか見えない。

その生ゴミの周囲を瞬間移動のようなスピードで飛び回る蠅を眺めていた片桐が言った。

「それにしても、蝿の飛翔能力にはあらためて驚かされる。羽ばたき回数は毎秒約二百回、一秒の二十分の一という短い時間で、方向転換を自在にやってのける。こういう小昆虫をモデルにした超小型の飛行ロボットを作ったら、いろんな用途に使えそうだ。災害後の偵察用とか」

「ああ、それは使えそうだね。人が入れないような建物の内部とか」

明るい声で灯が言うと、真澄も「例えば、放射能汚染の現場」とつけ加えた。片桐は彼女たちを見てうなずいてからつづけた。

「飛翔能力といえば、ある種のアホウドリは、何日間も一度も羽ばたかずに飛びつづけられるそうだ。羽ばたかないわけだから、正確に言えば」

「滑空だ」

そう、とキャベツをつまんだ箸でこちらを指す。おまえも落とせ、そんな日々野の黒い願いは叶えられず、片桐が口に放り込む。

「広げた翼の全長は三メートル以上、体重はゆうに十キロを超える。その大型のアホウドリが、休むことなく五日も六日も飛びつづけることができる。ダイナミック・ソアリングっていうんだ。海面上の風による速度勾配を利用して飛ぶらしい。グライダーとかに応用できそうな生物模倣技術だ」

「それは、上昇気流に乗るのとは違うのか？」

「海の上には、そもそも上昇気流って少ないそうだ。風は障害物にぶつかって気流を変えるわけで、海上にはそういう物体がほとんど存在しない。ようは飛行体にとっての悪条件下において、より高効率で飛ぶ方法に何千年何万年かけて辿り着いたわけだ」

「蜘蛛の糸にしろアホウドリにしろ、生物の環境適応ってあらためて凄いな」

「素材でも形態でも、生命活動の仕組みそのものにしても、生物から学べることはすごく多い。無量大数くらいあるんじゃないか」

片桐の冗談はわかりにくい。そもそも冗談のつもりなのかすら不明だ。

日々野たちは博士後期課程に在籍して生命科学、いわゆるバイオテクノロジーの研究をしている。所属する研究室は各自ばらばらだが、バイオミメティクスと呼ばれる生物模倣技術への強い関心があった。

ひと口に生物といっても種類は膨大なので、研究テーマを絞るのは容易ではない。実現の可能性はどの程度か、将来的な成長が見込める有望なテーマか等々、客観的な視点から熟慮すべき問題がいくつもあるからだ。

日々野は卒業後の研究テーマをもう決めていたが、後輩の黒石を除いてはまだ誰にも話していない。片桐や真澄の手前、自分だけ働き口が決まったとは言い出しにくかった。

食べ終えた弁当を包み直して袋に入れると、片桐はふうっと息を吐きだし、空を見上げた。つられて日々野も顔を上げた。

気持ちいい季節の、よく晴れた午後だった。望みさえすれば何でもできる、願いさえすれば何でも叶う、そんな錯覚を覚えてしまいそうなほど心地いい日だ。

灯と真澄が何か小声で話し、またくすくす笑いはじめた。理系とはいっても女の子であることに変わりない。文系女子は箸が転げるとおかしいが、理系女子はピペットが転げるとおかしい。そんな程度の違いでしかないのだろう。

ふだんはあまり感情を表に出さない真澄までもが、いつまでも笑みを浮かべているのを見て、日々野は本日一日分の善行を終えたような心持ちになった。中性的な面立ちの真澄はスタイルが良く、片桐とひそかに〈ミス白衣〉と呼ぶほど白衣が似合っている。

「それはそうと片桐、卒業後のことは決めたのか」

日々野の言葉に、片桐はちらとこっちを見てから考えこむ態勢に入った。二人の間では幾度となく交わされてきたやりとりで、煮え切らない片桐を、日々野が追及するという構図ができつつある。彼の卒業後の進路さえ決まれば、晴れて自分も仕事場が決定した事実を伝えることができるのだが。

「そういう日々野は決まったのか」

「少なくとも、テーマは決まってる」

なるべく嘘にならないように答えてから、訊かれる前に先手をうつ。「でも、まだ教えない」

「引っかかってることが、ひとつあるんだ。これから研究生活を続けていこうとしたら、避けて通れない重大な問題だ」

「何だよ」

「ハッキングから、いかにしてデータを守るか」

日々野は驚いて、片桐の目を見た。あのとき以降、片桐からこの話が出たのは初めてだった。真澄も灯も、もちろん事件のことは知っていた。真澄は悲しげなまなざしで片桐を見つめ、灯は顔を強ばらせている。

ハッキングによるデータ消失という例の出来事が起きたとき、誰よりも片桐の心情や今後のことを心配していたのは灯だった。

事件後、研究室はもちろん、大学内のあらゆる部署でセキュリティ管理の徹底が叫ばれた。片桐は教授から担当替えという無言の叱責を受け、大学当局からは厳しく訓告された。

「情報セキュリティ会社が対応してくれて、もう危険はなくなったんじゃないのか」

「なくなってなんかいない」

片桐は冷たく無表情な声で言った。

「腕のいいハッカーの侵入や攻撃を完璧に防ぎきるのは、極めて困難だ。インターネットは、そもそも多数の人が広く利用することを想定して構築されてない。重要なデータをどう守るかという大問題を解決できなけりゃ、僕は次のステップへ進めない。これは僕の性分だから仕方ない」

その性分は嫌というほどわかっている。いまさらながら、あの事件がいかに深刻なダメージを彼に与えたのかを思い知らされた。

しかし片桐の瞳には、不安も事件の影響による怯えの色もなく、どちらかといえば、何かの決意に裏打ちされたような強い光がある。

「そうは言っても、本当はいまの僕が一番に考えなくちゃいけないのは、卒業後の進路だってことぐらい理解してる」

片桐が話題を戻すと、緊張していた空気がゆるんだ。

そのとき、遠くから小走りで近づいてくる男に気づいた。同じ研究室の一年後輩、黒石孝之だった。奇妙な形に寝ぐせのついた髪と、清潔だがくたびれた白衣姿がトレードマークだ。

「日々野さん、こんなところにいたんですか」

「どした？」

他の三人に軽く会釈してから、黒石は言った。

「有馬先生が探してたんすよ。北海大学の江崎先生から電話が入ったって」

「北海大学？」と片桐が言うと、「江崎って、あの江崎教授？」と灯がつづき、さらに真澄までもが「シルク・フィブロインの権威の？」とつぶやいた。

「あっ、言っちゃだめなやつでしたっけ」

黒石のひと言が、三人の疑惑への決定的な回答になってしまった。片桐はゆっくり立ちあがると、日々野の肩に手を回して言った。

「なあ日々野、僕らに隠していることがあるなら、いまこの場で正直に吐け。北海大学の件というのは、いったい何のことなのかな？」

「白状しなさい」

灯と真澄がシンクロして言った。

事ここに至っては仕方がないと観念して、日々野は告白した。所属する研究室の有馬教授の推薦で、北海大学の江崎教授の研究室へ行くことが、つい先日内定していた。三人とも驚きを隠そうとしなかった。

江崎教授は、主に蚕の絹糸や蜘蛛糸の主成分であるタンパク質、フィブロイン研究の第一人者として知られていた。将来的に日本の生物模倣分野を牽引していく中心人物の一人と目されている。

「ということは、やっぱり蜘蛛糸の人工合成と量産化か」

「ああ、決めた。というか、ずっと前から自分の中では決まってたんだ。でも江崎教授の元で研究をやれるなんて、夢にも思ってなかったけどな。どうせやるなら、やっぱり世界初を目ざしたい」

世界初、と片桐と灯が同時につぶやいた。おまえたちだってシンクロしてるじゃないか。そう言いたくなるのを我慢した。

無理やり頬に笑みを貼りつけて、ベンチから立ちあがる。

「それじゃ行くよ。悪かったな、何だか隠してたみたいなことになって」

「隠してたみたい、じゃなくて、隠してたんだ」

片桐がそう言って笑い、つけ加えた。

「日々野のことだ、きっとまだ進路も決まってない僕たちに悪いと思ったんだろう。かえって気をつかわせたな」

日々野が頭をかくと、黒石も真似して頭をかいた。

それじゃまたと、それぞれが口にしたものの、残りの学生生活はさらに忙しくなることが全員わかっていた。この先はいよいよ、卒業論文のための研究に本格的に取り組むことになる。実験と分析の合間を縫って仮眠するような、激忙の日々へと突入するのだ。

だからこそ今日この場に、この四人がたまたま居合わせた偶然に感謝したかった。そして自分の中の重要な何かが終わったことを日々野は知った。

「連絡先が決まったら、教えてくれ」

片桐の声に、振り向かないまま片手をあげて応えた。赤煉瓦の校舎へ入るとすぐ、日々野は言った。

「なあ黒石、卒業が見えてきた学生どうしの間に漂う、微妙な空気ってもんを読んでくれよ」

「すみません」

「携帯に連絡くれればよかったじゃないか」

黒石が言いにくそうに答える。

「携帯電話にかけたら、その直後にロッカーの中からブブブブッて聞こえたもんで」

そうだった。近頃ようやく携帯電話を持つようになったものの、どうも好きになれなくて、つい私服のポケットに入れっぱなしにしてしまうのだった。

実は黒石も、江崎教授の研究室に一年遅れで入ってくる予定だった。江崎教授が世界中から集めた生物模倣データのアーカイブを構築する上で、黒石のパソコンやネットに関する知識と技術は、きっと強い武器になる。

研究室への薄暗い廊下を歩きながら、日々野はふと、さっきの灯の表情を思い出していた。

「白状しなさい」と睨んでいたくせに、目もとに柔らかな笑みがあった。困難にも弱音を吐かない芯の強さと、全てを包みこむ大らかさをもっている。

自分は結局、灯への気持ちを打ち明けることもないまま卒業するだろう。決して告白する勇気を持ち合わせていないからではない。

彼女の想いが、微妙な角度で片桐に向いていることに気づいていたからだ。

†

理系の男は圧倒的に女に慣れていない。

これが一般論として通用するのか、それともたんなる個人的な思い込みに過ぎないのか判然としないが、少なくとも日々野の周囲にいる男子学生にはかなりの高確率であてはまる。もちろん片桐だって例外ではない。

現に目の前で、日々野の質問に対して黙り込んでしまっている。それほど大層なことを尋ねたわけではなかった。彼のことだから自分が納得できる言葉を探すのに時間がかかっているのかもしれないが、これまで考えたこともない問いを投げかけられて混乱しているようにも見えた。

「そんなに考えこむようなことを訊いたつもりはないんだけどな」

「いや、僕にとっては極めて重要なテーマだ」

「いま片桐には好きな人がいるのかっていうことがか？」

日々野が苦笑すると、片桐は腕組みをして長考の態勢に入ってしまった。卒業式を明日に控えて大学の構内もさすがに閑散としている。式には出席しないですでに就職先の地に引っ越してしまった学生も多かった。

日々野は担当教授に最後の挨拶にきたついでに、黒石と少しばかり話してから庭へ出てしばし感傷にひたっているとき、片桐に会ったのである。片桐は何かやり残したことがあるとかで、ポスドクとして研究室に残ることになっていた。

「愛は必要だと思うが、恋は必要ない」

唐突にそんなことを言う。

「少なくともいまの僕が置かれた立場と状況から考えると、そういう結論になる。そんな気がする」

「好きな人がいるかいないかって話なのに、何だか大げさなことになってきたぞ」

茶化して言ってみたが、片桐の顔はぴくりとも動かず大真面目である。

「誤解されるかもしれないから補足しておくけど、研究生活にも人生にも、誰かからの愛情があればそれは支えになるとは思う。場合によっては大きな支えになることだってあるだろう。けど、恋はちょっと違う」

片桐はうつむいて自分の足元のあたりを眺めながらつづけた。

「燃えるような恋という表現があるけど、もしも僕がそういう感情を持ってしまったとしよう。燃焼は物質が主に酸素と反応して起こる現象だ。つまり燃える前と燃えた後では、物質的な性質が変化してしまうことになる。恋をする前と後とでいまのこの僕が変わってしまうのであれば、現時点の僕に恋は全く不必要。そういう意味だ」

恋が……物質？　どう返すべきか考えていると、かさりと音がした。振り返ると黒石が立っていた。慌てて芝生の上に落ちた何かを拾うと、きまり悪そうに照れ笑いを浮かべる。

「立ち聞きとは、あまり感心しないな」

厳しい口調で日々野が注意すると、黒石はすみませんと頭を下げた。片桐は片手を上げると、向こうに着いたら連絡くれと告げて建物へ戻っていった。北海道での生活に必要なものはすでに札幌へ送ってあり、あと数日で日々野自身もここを離れる。

灯に気持ちを打ち明けることは諦めていたが、片桐と灯の間を取り持ってやろうかという思いがあり、迷っていた。灯は片桐にひかれている。それはたぶん間違いない。ただ、肝心の片桐のほうがどう思っているのか、日々野にもわからなかった。

そこで最後に彼の真意をただしておきたかったのだが、さっきの返事を聞く限りではそれも余計なお節介と言われそうだった。

「あの……」

「なんだよ、まだいたのか」

「そんな言い方ってないんじゃないですか。これ、最後に渡そうと思ってて忘れたんで」

黒石が差し出した右手にはキーホルダーがあった。受けとってしげしげと見る。

「これは？」

「ベンゼン環のキーホルダーです。大学の購買部で売ってたんで、これは母校のいい記念になるかなと思って」

ベンゼン環。ベンゼン等の芳香族化合物に含まれる六個の炭素原子からなる正六角形の構造体。別名、六員環。それはわかる。わかるが、なぜベンゼン環のキーホルダーを去りゆく先輩に送ろうとしたのか、その動機が謎だ。

つっこみどころは山ほどあったが、これもとりあえずこの男なりの好意の一表現手段なのだろうと自分を納得させて告げた。

「ありがとう。なくさないように気をつけるよ」

「キーホルダーとして使ってください」

使わないだろうな、と思う。

「それにしても片桐さんって面白い人ですね」

呆れたように黒石が言う。

「片桐さんにかかると、恋っていう人間的な感情まで物質に還元されてしまうんですから。いやあ、びっくりです」

最後は感心したように呟き、ぺこりと一礼して去っていった。

ベンチに腰をおろして思う。片桐と灯の仲を取り持たずにすんでほっとした一方で、ちくりと胸を刺す感情が残っていた。この大学を離れてしまえば、もう二度と灯に会うことはないだろう。彼女への思いは断ち切ったつもりだった。荷物と一緒に心の整理もつけたつもりだった。

しかしそれでも、いや、そうだからこそ最後にひと目会いたかった。

「未練がましいぞ、日々野準」

小さく口に出してみたその言葉は、三月の晴れた空へと吸い込まれていく。裏門に向かって歩き、つと立ち止まって振り返る。ドラマだったら、ここで灯が待っていてくれる場面だ。

だが現実はドラマとは違う。新天地へと旅立つ前途洋々たる気分と、何か大切なものを置き去りにしていくような気持ち。揺れ動く自分の心を持て余しながら、日々野は大学をあとにした。

16　質量保存の法則

「ああ、木の金魚鉢か。おじいさんも、つい何年か前までは作ってたんだけども。なんもねえけど、どうぞどうぞ」

　こぽこぽと急須からお茶を注ぎながら、おばあさんが言った。お茶うけには見るからに美味しそうな、お手製らしい白菜漬けが出されていた。

「少し前に仕事を辞めてから、インターネットで何げなく調べていたら、いまも作っている人がいると知って驚いたんです。それであとさき考えないで、ここまで来てしまいました」

「ここの住所はどうやってわかったの？」

「その金魚鉢を買っていまも大切に使ってるという方が、こちらの電話番号をブログに書いていたので、それで知ったんです」

「ぶろぐ？」

「インターネット上で個人が書いている、えーと、日記みたいなものでしょうか」

　この説明でわかってもらえるだろうかと訝りながら、日々野は漬物に箸をのばす。白菜の白と黄色がくっきりしていて、嚙んでみると瑞々しくて柔らかく、深い味わいだ。

「うちはね、こんな田舎だもんだから、インターネットはないの」

おばあさんは気の毒そうに言った。プロバイダ契約をしていないのだろう、と日々野は思った。

肝心の職人であるおじいさんのほうは、腕組みをしたままじっと座卓を睨んでいた。銀色に近い白髪で、短く刈り込まれている。

「問題ないです。こちらでインターネットを使うつもりはありませんから」

「んでもねえ、やっぱり若い人がたは、インターネットがないと不便だべ?」

「そんなことはないですよ。私は職人の仕事を教えてほしくて、こちらの門を叩いたんですから、インターネットは必要ないです」

「門を叩くったって、うちには門なんか無いけど」

おばあさんは、そう言って微笑した。おじいさんは相変わらず口をへの字に結んで、視線を落としたままだ。立派な座卓だった。長さは人の背丈ほどもあり、幅は一メートル弱、厚みは四センチほどもあるだろうか。

樹種が何なのかは見当もつかなかったが、きめ細かな木目の合間に、金色の縞《しま》模様が流れている。美しい木だった。木目を指で触ろうとすると、おじいさんが言った。

「水楢《みずなら》の木だ。虎斑《とらふ》模様っつうんだ」

驚いた。頭に思い浮かべていた疑問が見透かされたみたいだった。

「奥羽《おうう》山脈にある栗駒《くりこま》山の水楢の天然木、樹齢は三百年から三百五十年。こんな出物、このあと滅多に出てこねえ、一生もんだって言われて奮発した。もっとも、おれの一生はそろそろ終わりそうだが」

そう言うと、初めて顔を上げた。表情が歪んでいた。と思ったのだが、隣のおばあさんの反応を見ていると、どうやら笑ってるらしかった。それから、おじいさんはこうつづけた。

「なんぼ位するんだ」

なんぼ、というのは値段のことだ。何のことだろうと首をひねっていると、おじいさんは、インターネットと言った。

「ああ、パソコンのことですか」

「ちがう、インターネットだ。インターネットはなんぼ位するのや?」

「ですから、インターネットは使いませんし、いりません。本当に」

おもむろにズボンの尻ポケットから財布を取り出すと、おじいさんは五枚ほどの一万円札を日々野の前にぽんと置いた。

「そのインターネットっつうのを、買ってこい。街まで出ればミヤギ電器があっから、そこなら売ってるべ。ほれ」

おじいさんとおばあさんは、インターネットそのものを電化製品だと思い込んでいる。老夫婦が見たこともないその家電は、買ってきてコンセントに電源コードを差し込めば、すぐにインターネットになる、というように。しわくちゃになったお札と、おじいさんの顔とを交互に見比べているうち、何だか無性におかしくなってくる。

そうなんだ。おれはこういう暮らしがしたかったんだ。

これまでやってきた研究者としての毎日とは正反対だ。昼夜の別なく実験に取り組んでデータを分析し、再び実験にフィードバックすることのくり返し。長い長い時間をかけて懸命に成果を追い求め、あと少しというところで、突然終了。

あとには何ひとつ残らない。空っぽ。いまの日々野がそうであるように。質量保存の法則が、科学の研究生活においては全く成り立たないというのは皮肉だ。

それに比べれば職人の仕事の場合、少なくとも木桶《きおけ》が一つ残る。売れるか売れないかは時代の趨勢《すうせい》や運もあるのかもしれないが、自分の手で作り上げた成果は、しっかりした手応えと質量を伴って手元に残る。注ぎ込まれた時間や労力分のエネルギーはゼロにならない。質量保存の法則は、こういう暮らしの中ではきちんと成立しているのだ。

大学の研究室を辞めるとき、ＰＣは黒石に譲り、スマホも解約して旧式のガラケーに戻した。つねに最新情報を入手しなければと焦ってばかりいた日々に、きっぱりと決別を告げるために。

一万円札を老職人のほうへ押し返して答える。

「もしも、万が一インターネットが必要になったら、そのときは自分で買います」

「木の金魚鉢を作りたいだの、インターネットはいらないだの、まんず奇特な男だ。んでもまあ、変わり者のほうが職人には向いてる」

ひとり言にも聞こえるいまの言葉は、弟子入りを許可してくれたということだろうか。

「あらまあ、良かったごど。おじいさん、教えるつもりなんだっちゃ」

そんなわけで、その年の晩秋、日々野は木工職人に弟子入りした。

老職人は木材にかんなをかけ、時々かんなの刃を取り出して刃を研いでは、また削る作業をくり返した。何枚かの板を削って粗い曲面に仕上げると、米を粥《かゆ》のように煮た糊《のり》で貼り合わせていく。接着面には錐で穴を空け、細い竹串を両側に刺して接着を補強する。繊細で理にかなった作業の一つひとつに、日々野は蒙《もう》を啓《ひら》かれる思いがした。

職人技は、驚きの連続だった。組み上げた丸い板に、鉛筆でこりこりと線を引き、最終的に仕上げる大きさを決める。桶の直径が決まった時点でガラス屋へ行き、円形に切ったガラスを注文する。作業を終えるまでは一週間ほどで、その間、日々野は息を殺すように観察し、メモをとった。何よりも感心したのは、一連の手仕事が全て勘で行なわれているという信じがたい事実だった。

仕事については何ひとつ教えてくれなかったが、自然についての話をぽつぽつしてくれた。あるとき、すっかり葉を落とした樹木の枝先を指して、老職人は言った。

「冬芽だ。どんぐりの木が実を落として、葉っぱも散ったあとにはもう、次の春に開く準備をしてるんだ。寒い中をじっと耐えてな。偉《えれ》えもんだ」

雪深い山村はじっくりと手仕事を学ぶには、絶好の場所だった。インターネットのない暮らしは、本当に新鮮だった。

二月に入って立春も過ぎた頃になると、太陽の位置は日一日と高くなっていき、陽射しも春めいてきた。二月も半ばを過ぎたある日の朝、黒石からメールが入った。パソコンもスマホも持っていないから、携帯電話に届いたのだ。

誰にも教えるつもりはなかったのだが、別れ際に黒石に泣きつかれて、仕方なく教えた。けれどそれまで一度もメールなど届かなかったから、驚いたというよりは不審に思う気持ちのほうが強かった。

〈笠貝キター！　大至急、連絡乞う！〉

短いその文面を読んで、日々野は首をかしげた。笠貝って何だ？　誰かの、例えば研究者の名字だろうか。それとも貝なのか。

即座に頭に浮かんだのは、黒石が残った研究室のことだった。大学のラボを離れてもう数ヵ月経ってはいたが、反射的に研究を思い出すあたり、吹っ切ったつもりではいたのに、心のどこかに一抹の未練が残っているのかもしれなかった。

黒石に電話してみるのが一番手っ取り早いのはわかっていたが、どこかきまりの悪さが先に立った。まずは自分なりに調べてみようと、老職人に申し出た。

「突然ですみませんけど、今日の午後休ませてもらえないでしょうか」

「どうしたのや？　体調でも悪いのが」

「いえ、久しぶりにインターネットをやってこようかと思って」

横にいたおばあさんが、なぜか笑顔になった。

「そうそう、若い人はやっぱりインターネット」

午前中の作業をすませてから、軽自動車を借りた。途中のコンビニで昼飯代わりにパンを買って食べ、車で三十分ほどの街にある大手電器店のパソコンコーナーへ向かった。ネットにつながっているパソコンのブラウザを開いて、「笠貝」と、思いつく単語を並べて検索してみる。

なかなかこれだと思うような結果は出てこなかったが、ふと思い立って、ある単語を入れた。

すると、上位にぞろぞろと同じような検索結果が並んだ。

息を詰めて、次から次へと記事を読んでいく。

頭の中が痒《かゆ》くなってきた。日々野はディスプレイの前で髪を掻きむしった。目まぐるしいスピードで、過去に積み上げてきたさまざまな実験内容やデータが、脳の内部を飛び交っているのがわかる。

落ちつけと言い聞かせ、これが落ち着いていられるか！　と自分に突っ込む。


一晩悩みに悩んだ翌早朝、日々野は師匠の前で、生まれて初めての土下座をした。辞めさせてもらえないかと頼み込んだのだ。頭を伏せている先で、老職人が立ち上がった気配があった。それから、日々野の肩に手をかけた。

「大の男が土下座なんどするもんでねえ。そういうことするのは自分の命がかかってるときだけだ。ほれ、顔あげろ」

「準ちゃんは、いつか同じところへ戻っていくんでないかって、おじいさんもわたしも話してたんだ」

おばあさんが言った。実はおじいさんも、若い頃ある理由から工房をやめた過去があった、という話をするおばあさんのかたわらで、老職人は苦りきった顔をしている。軽はずみな気持ちで、弟子入りを頼み込むという行動をとった自分の情けなさと、老夫婦への感謝の思いとで、顔がじんじんと熱くなってくる。それと同時にはち切れんばかりの希望が、内圧で胸を苦しくさせた。

もう一度、北海道へ。

もう一回、ラボへ。

蜘蛛糸の研究をはじめた頃の、あの全身の血が煮えたぎるような気持ちを抑えきれなかった。一刻も早く研究室へ戻りたい。その一心で、日々野はローカル線の駅へとつづく雪道を駆けた。

師匠が車で送っていくと言ってくれたが、これ以上迷惑をかけるのが忍びないのと、涙を見られるのが嫌で断った。初春のぐずぐずの雪に足を取られて何度転んでも、身体の内から湧き上がってくる熱を冷ますことはできそうになかった。

ちくしょう！　と日々野は心で快哉を叫んだ。研究生活にだって、質量保存の法則はちゃんと生きていた。片桐のあの世紀の大発表の前と、世界が暗転したかのような直後の絶望の日々。大きな化学反応が、自分の内側で起こったはずだった。

しかしいま身体の中には、化学反応前と同じエネルギーが満ちている。いや、大きな挫折を経験したぶん、熱量は以前より増えている。後押ししているのは、自分ひとりじゃないという感情だ。日々野以上に、溜まりに溜まっていたであろう黒石のエネルギーと合わせたら、とんでもないことがやれるかもしれない。

楽観的に過ぎると笑われたっていい。悲観するのにはもう飽き飽きだ。

老職人から盗む手仕事は楽しかった。どうにかして一生の仕事にできないかと、真剣に模索しはじめていたほどだ。

でもラボの空気が懐かしかった。やっぱり、あそこがいい。おれは研究と実験漬けの日々が好きなんだ。

小さな駅舎のホームで電車を待つ間、大きなボストンバッグを開いて風呂敷包みを取り出す。

中には、自分で作った小さな手桶が入っていた。一番最初に作ったものを、師匠が餞別代わりにとくれたものだった。

老夫婦は、いつかこんな日が来ることを予期していたのかもしれない。温かな木の感触を手に感じて、申し訳ないと心から思った。同時に、電車がくるのが待ち切れなかった。

17　再会

新千歳《しんちとせ》空港から札幌市内へ向かう電車の中で、日々野は江崎教授に面会の約束をしていなかったことに初めて気づいた。わずか数ヵ月の隠遁《いんとん》生活で、社会人としてのマナーすら忘れていた自分に愕然とした。

教授の部屋の前で、ノックすることをためらった。ただでさえ多忙な方なのに、急にやってきたら迷惑じゃないか？　迷惑に決まってるよな、などとうじうじしていると、躊躇を見透かしたように、ドアが急に開いた。江崎教授だった。反射的に土下座したい気分になったが、老職人の言葉を思い出し、代わりに腰を直角に折り曲げて頭を下げた。

中へ入るように言われ、決心を告げようと口ごもっていると江崎は片手で日々野を制してから、マホガニーの机の引出しに入っていたらしい辞職願を、机の上にぽんと置いた。

「黒石くんから頼まれてね。日々野さんは必ず戻ってきますから、戻ってくるまで受理しないでもらえませんかと言うんだ」

江崎教授は愉快そうに笑うと、つづけた。「明らかに、論理矛盾をきたしているとは思わないか？　私も途端に、彼を研究リーダーに据えることに一抹の不安を覚えたほどだ。結局、そのまま引出しの中に入れたまま忘れていた」

江崎の思いやり、そして黒石の言葉を知って、思わず泣きそうになった。

「個人的には、羨ましくもあった。私の研究生活の中で、これほど後輩から慕われたことはなかったからね。日々野くんには得難い研究パートナーがいる。それがきみの一番の財産かもしれない」

はい、と答えるのがやっとだった。

「それに、私に謝罪なんかしている暇があったら、黒石くんの顔を見てきたらどうだい」

薄暗い廊下をラボへ向かいながら、天井の蛍光灯が一本切れているのを見て笑いがこみ上げた。あの頃のままじゃないか。喫茶室の中をのぞくと窓際の席に峰さんらしき姿があったが、しばし逡巡して声をかけないことにした。

研究室へ入るとすぐに、黒石のそのあまりの変わらなさに驚かされた。着ている白衣の染みの場所から寝ぐせ付きの髪型まで、半年前に日々野と別れた直後から液体窒素で瞬間冷凍されていたのではないか、と思うほどだった。

これではせっかくお膳立てした、峰さんとの関係の進展など望むべくもない。黒石の利己的遺伝子は、おのれが持つ機能を温存したまま、この世から消え去る運命なのかもしれない。

ラボを見渡した。棚にずらりと並んだ試料、実験の友であるピペットマン、電気泳動装置などの機器類は門外漢には殺風景かもしれないが、日々野にはじんとくるほど懐かしい眺めだった。

のそりと近よってきた黒石が、しかめっ面で言った。

「僕、わかったんですよ。自分が、こぶん肌だって」

「それ、皮膚アレルギーか何かか」

「違いますって。親分肌じゃない、つまりリーダーシップの対義語です。日々野さんは親分肌で、僕は子分肌。そういう意味です」

初めて耳にする言い回しに思わず噴き出してから、久々の再会で最初の会話がこれかと思った。そして謝罪の言葉など必要ないことに、はっきりと気づかされた。

「面倒かけついでに、もうひとつだけわがままを聞いてくれるか」

どうぞというように、黒石が手で促す。

「片桐と会って、一度話をしてきたいと思ってる。気が重くてずっときっかけを逸してたけど、いまがそのタイミングじゃないかって」

「許可します」

「偉そうに。でも、恩に着る」

「子分歴、長いんで」

鼻の頭をかきながら、黒石は言った。

「あの後、リッチってことについて僕なりに考えてみたんです。アメリカの先住民に伝わる言葉に、こういうのがありました。〈最後の木が枯れ、川が汚染され、最後の魚が釣り上げられて初めて、人間はお金を食べることができないと気がつくものだ〉」

「…………」

「僕としては、あのときの問いに答えるとすればこんな感じが近いかなあって思ったんで、まあ、日々野さんにも教えておこうかと」

お金は手段であって、目的じゃない。手段をいくらたくさんかき集めたところで、目的に辿り着けるわけではない。あのときの自分は、そんなあたり前のことすら見失っていた。金では解決できない問題に取り組んできた、そこにこそ価値があるはずで、危うく道を踏み外すところだった。

単身赴任の間に急に成長してしまった息子を見るような、そんなうれしい気持ちの一方、言われっ放しでは面白くないから反撃を試みた。

「ところで峰さんは元気か？」

男はその質問に激しく動揺した。という文章を全身を使って表現するとこうなるという反応を見せた黒石を見て、ははあ、と合点した。

「何ゆえ、僕に、まるで赤の他人である、峰さんのことを、訊くんでしょうか」

人型ロボットより滑舌が悪い。

「まあいい、多くは語るな。なるほど、そうかそうか当たって砕けたか。突貫精神は素晴しいが、残念だったな」

「な、何をわけのわからないことを」

灯への想いを断ち切られた日のことを、日々野は思い出す。お前とおれは完璧にダブってる。

「お前が相棒で本当によかったよ。ありがとう、ふられたお前を誇りに思う」

これでおれたちは、またまた同じ土俵にのぼったことになる。あとは研究あるのみ、か。急にしょんぼりした彼の肩をぽんぽんと叩いて別れた。それから片桐に連絡をとり、翌日、日々野は東京へ向かった。

†

「実は、人工蜘蛛糸量産化の発表直後にひどい目に遭ったんだ」

「そりゃまあ、世界的な快挙だったから、良いことだけじゃなくていろんな嫌なことも集まってきただろうな」

東京駅近くにあるホテル内の和食店に日々野と片桐はいた。しっかりと壁で仕切られた個室で、隣に話が漏れる心配はなかった。

「そうじゃない。脅迫を受けたんだよ、研究データを渡せって」

驚いた日々野は、口元でぐい飲みを止めた。

「もしかして産業スパイってやつか?」

「というより、サイバー攻撃だ。開発が最後の大詰めに入っていたときだったから、本当に焦った」

「で、どうしたんだ。データは渡せないし」

「迷った末に、渡すことにした。というか、渡した」

「えーっ！　片桐って、そんな無茶なことするやつだったっけ。もしかして、ベンチャー企業をやってるうちに、キャラ変えたか」

「一生に一度の、大博打という気持ちだった。男としてここで勝負しなかったなら、いったいいつするんだって、それくらいの思いで」

片桐の目に強い光が宿っていた。日々野が初めて目にする、断固とした彼の言葉と態度だった。

「秘策があったんだ。向こうの気持ちと立場になって、徹底的に考えてみた」

「向こうって、攻撃してきたやつのことか」

「そう。これだけの貴重なデータなんだから、開発した側は極秘情報として扱うに違いない。せっかくの研究開発データを、みすみす公開なんてするわけがない、って。なぜなら相手はサイバー攻撃のプロではあっても、研究開発や特許については素人同然のはず。僕は自分の勘を信じることにした。大きな賭けだった」

勘を信じるだの、大きな賭けだの、およそ昔の片桐からは想像もつかない言葉がぽんぽん飛び出してくる。非科学的な物言いを嫌う彼が、いかに蜘蛛糸の研究に全精力を注ぎ込んでいたかが伝わった。

「特許については、もちろん僕だって素人だった。実は僕らはメディアに成果を発表する一年数ヵ月前に、ＰＣＴ出願というのを申請してた」

「いわゆる国際特許というやつか」

「正確には、ＰＣＴ国際出願制度。いくつかの国で特許を取るためには、基本的に、その全ての国で個別に出願する必要がある。ところがＰＣＴ出願の場合、出願願書を一通だけ出せばＰＣＴ加盟国の全てに特許を出願したことになるんだ」

「メディア発表の一年数ヵ月前に申請してたのは、何か理由があったのか」

「会社の方針として、Ｘデーを設定してたからだ。ところで日々野は、日本の特許制度が国際的に見て特殊だって知ってたかい」

「何が特殊なんだ」

「日本で特許を出願すると一年六ヵ月後には自動的にその内容が公開されてしまう。原則的には」

「公開するか非公開にするか、申請者が選ぶんじゃなくて？」

「僕も選べるものだとばかり思ってたから、聞いたときはびっくりしたよ。これが、日本の科学技術の流出を引き起こす制度、とまで言われてる原因らしい。でも欧米だと、特許出願しても公開されない国が多いそうだ」

「あたり前だ。どう考えても日本がおかしい」

自分にとって不都合な話をしているはずなのに、なぜか片桐はうれしそうだった。

「でも僕は、脅迫されて追い詰められたとき、他国とは異なる日本のこの特許制度を逆手にとるアイディアを思いついた。特殊性を生かせるんじゃないかと閃いたんだ。それがXデーだ」

さらに目を輝かせて彼はつづけた。

人類と地球の未来に資する研究成果。それが自分たちの目指してきたものだから、データを極秘にすることは最初から考えていなかった。特許出願して公開し、ライセンス生産方式を目指すことにしていた。日本国内で特許が公開されるのは早くて一年半、実際には二年程度かかることも多いと言われていたから、発表する時期を見計らっていた。

「そんなさなか、サイバー攻撃による脅迫を受けた。迷いに迷ったけど、最後は僕の独断でハッカーにデータを渡すことに決めたんだ。というのは、日本では特許情報が一年六ヵ月後に公にされるなんて、他国の人間が知ってるわけがないと考えたからだよ。そして相手にデータを渡した直後、日本で特許申請していた技術情報が公開された」

「それが……」

「そう、Xデー。検索すれば世界中から辿り着ける情報になっちゃったわけだから、データを持っていたところで使い道はない。産業スパイというような文脈での価値は、ゼロになる」

輝かしい発明には、大きな運も味方してくれるのだ。そしてその運は、片桐たちの努力と精神の強さが引き寄せたものに違いない。そして片桐は、驚くべき事実を告げた。

「しかも、渡したデータの中身は、スパイダーシルクじゃなくて、ただのシルクのものだったんだよね」

日々野は大きくため息をついた。

「人生最大の賭けと言った言葉の意味が、やっとわかった。とんでもないやつだな、お前は」

「僕なりの報復のつもりだった。窮鼠《きゅうそ》猫を噛むというところだ」

「窮鼠は、そのハッカーのほうだろ」

悪ふざけが見つかったときのように、片桐が笑っている。あれほどの世界的快挙を成し遂げておいて、しかも窮地に追い詰められていた事実を語っているというのに、まるでいたずら小僧みたいな顔である。

「それじゃ片桐は、ハッカーの脅迫に屈服したふりをよそおって、裏では計算ずくで進めていたんだな」

「計算ずくなんかじゃない。特許出願や発表時期は予定通りだったけど、言うまでもなくサイバー攻撃なんて予測できないだろう。全く予想してなかったといえば嘘になるが」

彼はそこで複雑な表情を浮かべた。日々野ははっとした。

大学時代の、あの情報流失事件ではないか。あのときも今回も、いずれも片桐に大きな精神的負担を強いたに違いなかった。

「それともうひとつ。脅しに応じたふりをして、警視庁のサイバーフォースにも連絡しておいたんだ」

「その名称から想像するに、サイバー攻撃専門の捜査機関か」

「そういう組織があったことは僕も知らなかったけど、これもＩＴセキュリティの専門家からのアドバイスで、被害届を出して極秘に捜査してくれてたみたいだ。何ヵ月か前、犯人が逮捕されたようだって知らせがきたから。こっちは研究を進めるために大わらわの状態で、そうですか良かったです、みたいな感じだったけど。さて、と」

そこで片桐は、にやりと笑って言った。

「そろそろ今日の本題に入ろうか」

「気づいてたか」

「当たり前だろ。蜘蛛糸タンパク質に興味がある研究者どうしにとって、いま最もホットな話題だ。それにしても意表をつかれたな」

「カサガイとはねえ」

二人で、楯野川の吟醸を勢いよく飲み干す。日々野は言った。

「おれなんて、最初に黒石から短いメールがきたとき、笠貝って人の名前じゃないかと思ったぐらいだ」

「笠貝教授の研究グループが新タンパク質を発見！　とか？」

「そんな感じ。だって黒石のやつ、メールに何て書いてきたと思う？　〈笠貝キター！　大至急、連絡乞う！〉だぞ」

片桐が声をあげて、愉快そうに笑った。

「ほんとにいいコンビだ、日々野と黒石は。それにしてもカサガイ、か」

片桐は、悔しそうなそぶりは見せず、というより、どちらかといえば嬉々とした表情を浮かべながら、自分と日々野と二つのぐい飲みに酒を満たした。

黒石から連絡がきた日のことを、日々野は鮮烈な驚きと共に思い出した。大手電器店のパソコンで、「カサガイ」「タンパク質」「ニュース」と検索バーに並べてリターンキーを押した。するど、驚くほどたくさんの検索結果が出てきたのだった。

〈カサガイの歯は最強天然物質〉

〈カサガイの歯　クモ糸を超える強度〉

カサガイよりも、クモ糸の単語に目が釘付けになった。かぶりつくようにして読んだ記事の数々には、にわかに信じ難い内容が書かれていた。

〈長い間、天然由来物質としては最強の強度を持つとされてきたクモの糸だが、この度英国の研究チームは、カサガイの歯がこれを覆す可能性が高いとの論文を発表した。セイヨウカサガイは、ヨーロッパの海ならどこにでもいる貝で、歯は岩の表面から餌を削りとるため、素材として極めて強靱である必要があるという。

物質が破損せずに耐えられる最大応力を引張強度と呼ぶが、カサガイの歯は三〜六・五ギガパスカル（ＧＰａ）の強度を持ち、対してクモの糸の引張強度は、研究チームの発表によれば一・一ＧＰａである。実験は「原子間力顕微鏡法」で行なわれ、この微小な歯は、有機成分と無機成分の両方が混合された材料でできていることが分かった。これには非常に硬い針鉄鉱でできた、極細のナノ繊維が含まれる。

カサガイの歯に匹敵する強度が再現できれば、防弾チョッキをはじめ、自動車や飛行機の製造にまで応用可能な、超強力でありながら軽量の物質を作製できると大いに期待されている。〉

一世紀以上も前から、蜘蛛の糸は天然由来物質としては最強だというのが定着していた。それがこの論文で一気にひっくり返ったことになる。日々野は歴史の転換点に立ち会っているという気分になった。

もっとも、だからといってすぐにどうなるというわけではない。人工蜘蛛糸の量産化は、先人たちの積み重ねの上に開いた見事な大輪の花であり、片桐たちの研究成果の凄さも世界的快挙という事実も揺らぐことはないだろう。

ただ、日々野と黒石にとっては大きな、とてつもなく大きな意味がある。

ゼロになってしまったはずの、自分たちの研究の可能性は、まだ完全なゼロではないかもしれない。そんなわずかばかりの希望を抱かせてくれたからだ。この突然の画期的新素材の発見に、そして研究に、世界中の研究者たちが殺到するのは間違いないと思われた。

自分たちも、その列にもう一度加わってみたい。

熊の冬眠は、厳密に言えば冬眠ではなく、仮眠に近いと師匠が教えてくれた。なぜなら冬の間に子どもを産むのだから、冬眠ではないのだと言っていた。自分も、つかの間の仮眠をとっていただけ。黒石からの知らせに、自分にそう言い訳し、言い聞かせた。

山眠る冬。そして、山笑う春。

「日々野、もちろんやるつもりなんだろう?」

片桐の声で、我に返った。

「おれは失うものなんて、もう何もないからな」

プライドなんかくそ食らえだ、と心の中で叫ぶ。

「本当の本題は、実はここからだ。一生の頼みがある」

相手の目もとから笑みが消えた。日々野は片桐を正面から見て、それから心に決めていたことを告げた。

「片桐のところで、おれを使ってほしい」

背筋を伸ばしてそう言った。目と目が合った。数秒、睨み合うような気配が漂う。

ふっと緊張を解いて、彼が言った。

「よかった」

「よかった?」

「本音を言うと、こちらから誘おうかと思ってた。けど、僕のほうから声をかけるのは何か違う気がして。だから、日々野から言ってくれてよかった、そういう意味だ」

「それと、もうひとつあるんだが」

「黒石?」

この男はしばらく会わない間に、洞察力まで磨き上げていた。そうだ、と答える。

「もちろん日々野と黒石、一緒にって考えてた。二人はセットメニューだから」

「この野郎」

「二人を雄ネジと雌ネジと仮定すれば、山と溝の接触面がナノレベルの誤差で接してる。それが僕のイメージ」

どっちが雄ネジでどっちが雌ネジか、想像するだけで胸が悪くなりそうだったからやめた。

灯への想い、というより未練と呼ぶべきかもしれないが、それを吹っ切ることができたのは黒石のおかげだ。彼が峰さんにふられてくれたからこそ、恋人もいない男二人、プライドなんてぬるいものはかなぐり捨てて仕事に打ち込むしかないと心が決まったのだ。転籍については、江崎教授もきっと理解してくれるはずだ。

ぐい飲みをひと息で飲み干してから、片桐は愉快そうに笑った。

「なあ、日々野。何だかわくわくしてこないか？　自然って、ほんとに凄いよ。カサガイのニュースのときもそうだったけど、本当はまだまだ未知の最強物質が、想像もつかないほど凄いやつがどこかに隠れてて、僕たち人間に発見されるのを待ってるかもしれない。僕たちの人工蜘蛛糸と並行してカサガイの研究をしていったら、凄い何かが生まれる気がする」

「凄い何かって、なんだ」

「わからない。だから面白いんじゃないか。神は細部に宿るというけど、科学の神さまはきっと、ナノスケールという細部に宿っている。ナノレベルで観察できて、ナノレベルで再現できるようになって、科学は飛躍的に進歩しつづける」

「ヤモリの足の、ファンデルワールス力とか？」

それからしばらく、まるで院生時代に逆戻りしたような青臭い議論を交わした。さすがに疲れてひと息ついたとき、片桐が思い出したように呟いた。

「そういえば、鳥肌の話を憶えてるか」

「何のことだ」

「昔、日々野が言ったことがあっただろう。人工蜘蛛糸の巨大市場を自分が創出すると想像しただけで、鳥肌が立つって」

大学院時代のことで、うろ覚えではあるが記憶にあった。

「感動したときに鳥肌が立つのは、交感神経の誤作動らしい。そもそもはヒトが原人か、猿人だった頃のものかは不明だけど、とにかく体毛がもっと長くて密だった頃の名残りなんだそうだ」

「まったく唐突だな。お前の記憶回路はどんな検索ロジックで成り立ってるんだ」

懐かしかった。こいつの話はなぜか人を惹きつけるものがある。大学時代からそうだった。

「寒いときは、立毛筋で毛を立てて空気の層をつくり、寒さをしのぐ機能。そして自分が脅威と感じる相手に出会い、恐怖を感じたときは、毛を逆立てて自分を大きく見せて威嚇《いかく》する機能。ところが感動したときにも、交感神経が反応して立毛筋を収縮させてしまうことがあるらしい。立毛筋が収縮したその反応から、寒い、怖い、と脳が感知してしまうらしい。まったくヒトって不完全な生き物だ」

「でも、だから面白いともいえる」

「結果的に、感動して鳥肌が立つ、というのは言葉の用法としては間違いだけど、医学的というか、生理学的に言えば間違いとも言い切れないことになる。だからあのとき僕が言ったことは、必ずしも正確じゃなかった。すまない」

片桐は笑顔を見せてから、頭を下げた。

片桐の凄さが、いまはっきりとわかった。こいつは変化しつづけている。変わってはいけないところを残しながら、変わるべき部分は変えていく。クールと称されていた男は、しばらく会わない間に、冷静さと熱さを兼ね備える人間に変貌していた。

やっぱり、こいつにはかなわないなと思う。

でも同時に、勝ち負けだけが重要なんじゃないと、いまの日々野なら思える。数百万年、数億年という進化の過程で生物が獲得してきた成果を、人間が使わせてもらうのが生物模倣だ。気が遠くなるほどの時間スケールの中では、人間の勝ち負けなんてちっぽけだ。

自然の中に隠されている秘密を解き明かしてみたい。自分たちなりの方法で。日々野は言った。

「自然って、知れば知るほどわからなくなる。そして、もっと知りたくなる」

「だから楽しいんだ」

「人工蜘蛛糸の量産化成功、ってニュースを最初に見たときも、おれは鳥肌が立ったよ」

片桐は黙ってうなずく。

「自分の研究が終わってしまうことへの恐怖だったのか、それとも、友人の奇跡的ともいえる成功に感動したのか、いまとなっては定かじゃないけど」

「後者であることを祈るよ。それと、奇跡って言葉の用法も少し違うな」

どうぞつづけてくれ、と日々野は手で示した。

「第一に、奇跡という言葉は個人的に好きじゃない。科学的じゃないし、再現性もないから。第二に、量産化への道のりはそんな曖昧な言葉で言い表わせるほど、楽なものじゃなかった。日々野にならわかってもらえると思う。というか、ずっと同じテーマで研究してきた日々野にしかわかってもらえないかもしれない」

わかる、と答えた。立ち向かう壁の強大さ、それを乗り越えようとする困難さ、気の遠くなるような実験とデータ解析をくり返す日々のことなら、嫌というほどわかる。

「だから僕たちの成果は、二重の意味で奇跡なんかじゃない。もっといえば、まだ成功ですらない。改善の余地はたくさんあるし、その分だけ、伸び代は途轍《とてつ》もなく大きいはずなんだ」

「途轍もなく大きい。そいつはかなり、非論理的な表現だ」

互いに声をあげて笑った。片桐は、そしておそらく自分も、自然と科学が好きで好きでたまらない、少年の顔に戻っていた。

エピローグ

「久しぶり」

「大学を卒業して以来ですね。お元気そうで。人工蜘蛛糸量産化のニュースを見たときは、私舞い上がっちゃって。それから、灯ちゃんとのご結婚もおめでとうございます」

「あかりんって呼ばないいんだ?」

「いくらなんでも、三十歳を過ぎてあかりんは痛いですよ」

「彼女は、そう呼んでもらいたがると思う。でもさすがに、今日のことは言わないで来た。そういえば、白百合も結婚したんだって? 相手は白百合の正体は知ってるの」

「ハッカーだった過去は知っています。打ち明けて、それでウェブの世界からは完全に手を引こうと決めました」

「そうか。そうだよな」

「私が好きでやってきたことだったし、それに世界的な偉業にほんの少しだけでも貢献できたかと思えば、自分がやってきたことにも、ちょっとは意味があったのかなって」

「ちょっとなんかじゃない。白百合がいなかったらと想像しただけで、ぞっとする。ところでウェブサイトは閉鎖したんだ？」

「ええ。もうやり切った感じがして。表向きは蜘蛛の観察日記でしたけど、裏は【ニャンドゥティ】のコミュニティ・フォーラムとしても使っていたんです」

二人が実際に会うのは、卒業以来初めてのことだった。大学院でのあのデータ消失事件のあと、真澄は片桐に自分がハッカーであると告白し、手を貸したいと申し出たのだ。

そして二人だけの約束を交わした。片桐は、人工蜘蛛糸の量産化をいつか必ず実現する。真澄はホワイトハットとしてそれを陰で支える。

そしてもう一つは、ハッキングによるデータ消滅の恐ろしさを知らしめることで、情報セキュリティ後進国の人たちに大きな意識改革を促すこと。

「実は国のＩＴセキュリティ促進事業のベンチャー企業部門に、うちの会社が採択された。もう一つの目標だった、ハッキングの怖さを社会に広く知らせたいという所期の目論みも、これで達成したといえるのかな。なんだか淋しい気もするけど」

大きくうなずいた。真澄は夫の新聞記事を思い出し、その面においても少しは貢献できたかなと思った。

今回直接会うことになったのは、片桐が話を持ちかけてきたからだった。

「私が片桐さんのデータを守る話をしたとき、直接会うことはしないと約束したはずです。それが、なぜ今回連絡を？」

「これを」

片桐は革鞄の中から、小ぶりな包みを取り出した。

「ぜひ受け取ってほしい」

真澄は手を伸ばさなかった。

「受け取れません。私がしてきたことへのお礼というんだったら、尚更いただけないです。そういう気持ちでしてきたわけじゃありませんから」

「考えてみてほしい。僕がこんな場面で、高級ブランドバッグとか宝石のアクセサリーとかを渡すような男だと思うか？」

「そう言われれば、確かに」

おそるおそる持ち重りのする包みを開くと、中には一冊の本が入っていた。タイトルを見て、息をのむ。

『Spider web diary』とある。真澄が長年運営していたサイトのタイトルと同じだった。しかも、ちゃんと印刷された本になって。

「サイトからデータをダウンロードして、本を作った。きみには内緒で、専門業者に依頼して」

著者名には、〈白百合真澄〉とあった。

「世界でたった一冊だけの稀覯《きこう》本だ。これだったら白百合も受けとってくれるんじゃないかと思ってさ」

片桐は照れくさそうだ。ありがとう、という言葉がのどに詰まって出てこない。

「これは僕の推測だけど、〈蜘蛛の網の日記〉を英語で表記すると〈Spider's web diary〉になる。所有格の，とｓが入るはずだ。だけどきみは蜘蛛の網と、Ｗｅｂの両方を観察するという意味を込めて、わざと抜いた。違うかい？」

感嘆の気持ちとともにうなずく。タイトルに込めた意図をここまで見抜いた人はいなかった。

「僕らを救ってくれてありがとう。さよなら、ホワイトハット」

最後に握手を交わした。並木道を片桐が遠ざかっていく。世界を驚かせた男の背中に向かって、真澄は小さく頭を下げた。

手渡された一冊の本を、しみじみ眺める。本屋さんの棚に並んでいる本と、まるで同じ。表紙には、ニャンドゥティの写真を使った美しい装幀が施されている。

私は蜘蛛の糸を、蜘蛛の網で守ることができた。大切な宝物を胸に抱くと紙の温もりを感じた。

著者名には、白百合真澄の文字がある。いまはもう存在しないホワイトハット・ハッカーの名前だった。

本書は書き下ろしです

三浦明博（みうら・あきひろ）
1959年宮城県生まれ。
2002年『滅びのモノクローム』にて
第48回江戸川乱歩賞を受賞しデビュー。
著作に『感染広告』『黄金幻魚』
『盗作の報酬』『五郎丸の生涯』などがある。

ゴッド・スパイダー

二〇一六年八月三〇日　第一刷発行

著者　三《み》浦《うら》明《あき》博《ひろ》
発行者　鈴木　哲
発行所　株式会社講談社
東京都文京区音羽二－一二－二一　〒一一二－八〇〇一
電話　出版　〇三－五三九五－三五〇五
　　　販売　〇三－五三九五－五八一七
　　　業務　〇三－五三九五－三六一五
印刷所　豊国印刷株式会社
製本所　大口製本印刷株式会社

定価はカバーに表示してあります。

落丁本・乱丁本は購入書店名を明記のうえ、小社業務宛にお送りください。送料小社負担にてお取り替えいたします。なお、この本についてのお問い合わせは、文芸第二出版部宛にお願いいたします。

N.D.C.913　222p　19cm　ISBN978-4-06-220215-2